Kurz & Dunkel | Thorsten Pahlke

Kurz & Dunkel

Kurzgeschichten

von

Thorsten Pahlke

LZV

Thorsten Pahlke, Jahrgang 1969, lässt mit „Kurz und Dunkel" Geschichten ans Tageslicht, die besser im Dunkeln geblieben wären. Definitiv nichts für schwache Nerven!

1. Auflage
Leuchtturm Zeitungsverlag

Umschlaggestaltung & Foto: Thorsten Pahlke
Gedruckt in Deutschland

ISBN 978-3-9823040-2-1

www.leuchtturmverlag.de

Für Nina, die mir immer das Helle
im Leben ist.

Inhalt

Die Arbeiter

1944 - irgendwo zwischen Elmshorn und Glückstadt

Die Arbeit war hart und monoton. Ihre Aufgabe war es, einen gigantischen Tunnel zu graben. Sie gruben zu jeder Tages- und Nachtzeit. Sie bewegten Boden und Geröll, unerlässlich. Die Stimmung unter den Arbeitern war mies und sie wurde immer schlechter. Es gingen viele Gerüchte um. Doch keiner traute sich, etwas zu sagen. Zu groß war die Angst, von den Aufsehern erwischt zu werden. Doch es waren nicht nur die Aufseher, auch unter ihresgleichen befanden sich mitunter welche, die die Stimmungslage der Gruppen gerne preisgaben in der Hoffnung, nicht nur mit Wasser und trockenem Brot abgespeist zu werden.

Zwei Arbeiter machten sich daran, einen großen Stein aus dem Weg zu schaffen, als plötzlich von hinten eine Stimme ertönte.

„Habt ihr schon gehört? Beim letzten Angriff soll es über 400 von uns erwischt haben. 400! Und hier interessiert es keinen einzigen, oder was?“

„Ax401, Ruhe!“, drohte eine näherkommende Stimme.

„400. Da muss sich doch was in Euch regen! Dieses Mal haben sie nicht nur die Flammenwerfer benutzt, sie haben uns auch mit Giftwolken getötet“, redete der Arbeiter weiter.

„Ax401, vortreten!“, befahl der große Aufseher mit fester Stimme.

„Nein, ich bin es leid! Ich habe ein Recht darauf, mein Leben selbst zu gestalten. Hört ihr mich? Steht auf! Steht auf für Euch und Eure Kinder! Steht auf!“, schrie der Arbeiter, der den Namen Ax401 trug. Namen hatten sie schon lange nicht mehr. Es gab für jeden von ihnen nur noch eine Kombination aus Buchstaben und Zahlen. Ax401 sah sich verzweifelt um. Neben dem großen Aufseher kamen weitere drohend auf ihn zu.

„Seht, was sie mit mir machen werden. Seht genau hin. Auch Euch wird es widerfahren und Euren Kindern und Kindeskindern. Steht auf, steht …“

Das letzte Wort konnte Ax401 nicht mehr rausschreien. Die Aufseher schlugen brutal auf ihn ein.

Einer fester als der andere. Sie droschen ohne Gnade auf den am Boden liegenden. Ax401 steckte die ersten Schläge noch laut lachend ein. Doch mehrere Hiebe später wurde er bewusstlos. Die Aufseher schlugen sich in Rage. Sie hörten nicht auf. Der Gruppenzwang und die Erkenntnis, hier Unrecht zu tun, zwang sie, weiter zuzuschlagen. Ax401 war ihr Ventil. Und auch die Tatsache, dass er auf dem Boden lag, beschwichtigte die Aufseher nicht. Sie schlugen weiter und weiter, immer weiter.

Das brutale Geschehen wurde von vielen umstehenden Arbeitern beobachtet. Einer von ihnen, ein noch recht junger Arbeiter, machte Anstalten, zwischen die Aufseher zu gehen, doch zwei andere hielten ihn davon ab.

„Lass gut sein", hörte der jüngere Arbeiter eine Stimme hinter sich und ein weiterer stellte sich ihm rücklings in den Weg.

„Aber die schlagen ..."

„Lass gut sein!"

Eine größere Gruppe Aufseher eilte dem Geschehen bei. Sie schlugen mit Knüppeln auf die zusehende Menge ein und befahlen, umgehend weiterzuarbeiten. Die Arbeiter parierten sofort. Geduckt und angsterfüllt setzten sie ihre Arbeit fort. Der jüngere unter ihnen - Ax805 - sah noch, wie der blutüberströmte und leblose Körper von Ax401 unsanft weggetragen wurde. Schon bald war dieser brutale Vorgang vergessen. Die Aufseher gaben nach diesem Vorfall zum trockenen Brot eine Miniration Honig zum Abendbrot. Diese Methode hatte sich bewährt, um Aufständen vorzubeugen.

Ein paar Tage später herrschte große Aufregung unter den Arbeitern. Es ging die Nachricht um, dass ein weiterer Angriff bevorstehen würde. Die Aufseher und Befehlshaber mussten zusehen, dass sie mit dem Bau fertig wurden. Die aufkommende Aufregung kam ihnen sehr unpassend und sie berieten, wie sie mit den Aufständischen umgehen sollten. Der Tenor war klar: Mit aller Macht - und wenn nötig mit Gewalt - wird der Bau weitergeführt und fristgemäß fertiggestellt werden. So waren die Vorgaben, so wurden sie auch umgesetzt. Komme, was wolle! Weitere Aufseher wurden für das Unterfangen abkommandiert. Es waren viele junge Aufseher. Diese waren besonders brutal, weil sie sich ihre Sporen verdienen wollten.

In der darauffolgenden Nacht rüttelte Ax805 seinen Bettnachbarn wach.

„Hey, wach auf!“, flüsterte er in das Ohr des Schlafenden.

„Was ist denn los?“, fragte dieser verschlafen.

„Komm mit, ich kenne einen Weg hier raus“, erwiderte Ax805.

Ax615 wollte sich gerade wieder umdrehen, doch Ax805 hielt ihn fest.

„Komm, wir haben nicht mehr viel Zeit“, drängte er zur Eile, „heute früh wird ein Angriff stattfinden!“

„Ein Angriff? Woher willst du das wissen?“, fragte der nun hellwache Bettnachbar.

„Ich weiß es eben, ich spüre es“, antwortete Ax805.

„Wegen deiner Fantasie bringst du uns noch alle ins Grab. Leg dich wieder hin und spare deine Kraft für deinen nächsten Einsatz“, lautete die mürrische Antwort von Ax615, der sich wieder hinlegte und seinem Gesprächspartner den Rücken zeigte.

Ax805 hielt kurz inne. Er überlegte, was er nun tun sollte. Die anderen zu warnen, erschien ihm zu gefährlich. Zu viele Spione waren unter ihnen. Ax805 entschied sich, alleine aufzubrechen. Es war schwer zu erkennen, welche Tageszeit draußen gerade war. Die Dunkelheit, die in den Tunneln herrschte, war allgegenwärtig. Vor ein paar Tagen war er kurz draußen gewesen. Einfach so, um mal wieder frische Luft zu atmen und ein paar Sonnenstrahlen zu erhaschen. Den Weg nach draußen hatte er vor einiger Zeit rein zufällig entdeckt. Er behielt es für sich. Er wollte sich und andere nicht in Gefahr bringen. An diesem geheimen Punkt stand er nun und schaute sich noch einmal um. Wohin ihn sein Wagnis bringen würde, wusste er nicht. Er wusste nur, dass er hier unten mit Sicherheit sterben würde.

Ax805 kroch den schmalen Gang, der nach oben führte, hoch. Nach kurzer Zeit steckte er seinen Kopf aus dem schmalen Eingang. Er atmete tief die frische Frühlingsluft ein und genoss sie. Die Sonne war bereits aufgegangen und das Licht tat ihm in seinen Augen weh, was sich nach einiger Zeit wieder legte. Er krabbelte gänzlich aus dem Loch und betrachtete die Lage erneut. Deckung hatte er genug. Sie würden ihn suchen und hier oben konnte er sich wesentlich besser verstecken, als in dem großen Tunnelsystem. Ax805 rannte los. Vor ihm erstreckte sich ein großer Hügel. Da wollte er hoch. Wenig später kam er oben an und blickte zurück. Von hier aus konnte er die Lage besser überblicken. Er hatte Glück. Keiner schien ihm zu folgen. Wahrscheinlich hatte noch niemand seine Flucht mitbekommen, was ihn sichtlich erleichterte.

Er drehte sich wieder um und wollte weitergehen, als er plötzlich diese Vibration spürte. Erst kaum wahrnehmbar, doch dann immer stärker werdend. Ein großer schwarzer Schatten legte sich auf Ax805. Er sah gen Himmel und erkannte einen riesengroßen Gegenstand, der zwischen ihm und der Sonne stand. Es war ein wahrhaftig riesengroßer Gigant, der sich einen Schritt weiter an der Stelle befand, von der er geflüchtet war. Der junge Arbeiter suchte Deckung, aber dieses riesige Ding war so groß, dass es ihn gar nicht zu sehen schien.

Ax805 hatte, als er noch ganz jung war, von solchen Wesen gehört. Götter wurden sie genannt, ja, Götter, und einer dieser Götter fuhr nun mit einer Art Kran, der fünf in sich bewegliche Zinken hatte, in den Boden hinein. Der Kran, der eine immense Kraft haben musste, zog eine mit einer Grünfläche bewachsene, riesengroße Steinplatte aus dem Erdreich heraus und stellte diese senkrecht neben die Stelle, an der sie eben noch lag. Ax805 traute seinen Augen nicht. Das Tunnelsystem, in dem er eben noch war, war mit einem Mal sichtbar. Aus der Distanz meinte er sehen zu können, wie die vielen Arbeiter und Aufseher um ihr Leben rannten.

Der Gott hielt nun ein langes Gebinde in seinen Kranzangen und dieses führte er über das freigelegte Tunnelsystem. Mit rhythmischen Bewegungen erzeugte der Gott stoßweise Nebelschwaden, die sich auf die offenen Gänge legten. Wieder und immer wieder schossen feuchte Nebelwolken aus dem Gebinde. Ax805 war wie gelähmt. Er hörte die Schreie der Arbeiter und der Aufseher gleichermaßen. Er sah, wie viele von ihnen nach Luft rangen und desorientiert umherirrten. Einige Körper zuckten wirr und unkontrolliert. Einige wollten auf die riesengroße Steinplatte hinauf, fielen aber nach der Hälfte des Weges einfach zurück in die Nebelschwaden und wurden nicht mehr gesehen. Ax805 war geschockt. Er hielt sich die Augen zu. Als er sie wieder öffnete, sah er, wie ein Arbeiter auf ihn zukam. Es war Ax615, sein Bettnachbar. Er versuchte, den Hügel zu erklimmen, doch er schaffte es nicht. Seine Augen drehten sich immer wieder weg und ein grüner Schaum drang aus seinem Mund. Sein Fühler war geknickt, einer fehlte ganz. Sein Hinterteil quoll stark auf, bis es schließlich riss und sich der Inhalt auf den Hügel ergoss. Ax805 wollte zu ihm.

„Nein, nein, komm nicht ... sie haben diese Giftwolken eingesetzt", röchelte Ax615 mit letzter Kraft. Dann krümmte er sich wild zuckend in alle Richtungen. Dabei verlor er seinen letzten Fühler und seine Beißzangen brachen unter dem epileptischen Anfall. Seine Augen traten aus den Höhlen hervor und schlossen sich dann halb.

Ax805 drehte sich um. Er rannte um sein Leben. Er blieb nicht stehen, er rannte nur und rannte, den ganzen Tag und die halbe Nacht und fortan hasste er die Götter. Von nun an würde es nur noch einen Auftrag für ihn geben, nämlich allen auf dieser Welt zu erzählen, was er gesehen hatte. Allen! Und sein Ziel war nun auch klar: Er musste alle Ameisen auf dieser Welt vereinen, um gegen diese Götter zu kämpfen ...

Des Menschen bester Freund

Es war ein wundervoller Morgen. Die Sonne ging auf, die ersten Vögel begrüßten ihre Umwelt mit sanften Liedern und der frische Morgentau lag verträumt auf den Feldern. Tom Hansen sog die Luft tief ein. Er schmeckte die Frische, diese unbeschreiblich schöne Frühlingsfrische, die, wie er fand, in seiner neuen Heimat besonders schön war. Hansen war vor ein paar Monaten von der Großstadt aufs Dorf gezogen. Hier, in der Gemeinde mit dem Namen Horst, fühlte er sich wohl und geborgen. Mit den Leuten hatte er nicht viel zu schaffen, dafür wohnte er zu weit ab vom Kern. Aber die kleine Bauernkate gab ihm die Geborgenheit, die er sich nach der Trennung von Monika gewünscht hatte.

Sein Haus lag am Rande des alten Moores, welches bis spät in die 1950er Jahre noch den Brennstoff für zahlreiche Fabriken und die Häuser der Dorfbewohner lieferte. Inmitten des Moores stand noch die alte Torffabrik als Zeitzeuge, morsch und baufällig, an der Stelle, wo einst dutzende Arbeiter ihren Lohn verdienten, um ihre Familien zu ernähren.

Seit über zwei Stunden ging Tom Hansen nun schon mit Mister Ed spazieren. Mister Ed war ein 6-jähriger Hovawart, den Hansen vor ein paar Wochen aus dem Tierheim geholt hatte. Der große Hund war außer Atem und legte einen Stock hechelnd und schwanzwedelnd zu Hansens Füßen. Erwartungsvoll sah er erst sein Herrchen an und dann wieder zum Stock. Er konnte nie genug bekommen. Tom nahm den Ast erneut und warf ihn weit weg. Mister Ed rannte sofort hinterher, sprang auf den Stock und kämpfte mit ihm. Er schüttelte seinen Kopf wild hin und her. Kurz darauf lief er wieder seinem Herrchen entgegen und legte den Stock erneut vor seine Füße. Endlos hätte Tom dieses Spiel spielen können, wenn es nach Mister Ed gegangen wäre, aber sein Herrchen hatte keine Lust mehr. Mit einer Handbewegung gab er es seinem Hund zu verstehen, der schnüffelnd mit wedelndem Schwanz das Gebiet erkundete.

Mister Ed war schon ein prächtiges Kerlchen und treu bis in den Tod. „Ein Hund kann nicht lügen und er ist immer für einen da, wenn man ihn braucht“, dachte Tom bei sich, „bei den Menschen ist das anders. Sie lügen und betrügen, sind falsch und hinterhältig.“ Tom merkte, wie die Wut in ihm hochkroch. Er schloss die Augen und atmete tief durch. Herrlich. Die wachsende Anspannung wich von seinem Körper und mit jedem Schritt fühlte er sich besser.

Tom blieb stehen. Er schaute sich um. Da waren sie, die beiden Schornsteine der alten Torffabrik, die inmitten des Nichts zu stehen schien. Zuwege gab es so gut wie keine mehr. Sie waren alle im Laufe der Zeit eingewachsen und zugewuchert. Der Anblick der alten Fabrik ließ ihn sentimental werden. Er dachte zurück an seine Kindheit. Im Pott gab es viele stillgelegte Zechen mit ähnlichen Fabrikgebäuden und jedes einzelne stand für ein spannendes Abenteuer. Tom musste schmunzeln. Vor seinem geistigen Auge sah er, wie er und seine Freunde über die Zäune kletterten und in den alten Fabriken spielten. Beliebig viele Gegenstände wurden erforscht und Scheiben mit Steinen eingeworfen, wie es die großen Jugendlichen immer machten. Wenn sie Pech hatten, erwischten sie die Aufseher. Dann hieß es, laufen was die Schuhsohlen hergaben. Aufgegriffen wurden sie nie, bis auf einmal. Da hat es den dicken Karl erwischt.

Eine gutriechende warme Brise wehte Toms Gedanken sanft hinfort.

„Los, komm Mister Ed, wer schneller ist“, schrie er zum Hund und lief los. Der Hund freute sich und sprang ebenfalls los. Er überholte sein Herrchen bereits nach wenigen Metern und Tom blieb stolpernd und lachend stehen. Mister Ed lief weiter in Richtung Fabrik, was sein Herrchen nicht weiter kümmerte.

Nach einer Weile bemerkte der in Gedanken versunkene Tom, dass sein Hund nicht mehr zu sehen war.

„Mister Ed! Mr. Eeeeeed!“, rief das Herrchen. Nichts! Tom schaute sich um und rief noch mehrere Male. Er lauschte angestrengt und meinte, ein gedämmtes Bellen zu hören. Da! Erneut! Es kam aus Richtung der alten Torffabrik. Tom Hansen setzte sich in Bewegung. Er marschierte zur alten Fabrik. Wenig später erreichte er einen Bauzaun, der um das gesamte Gelände gezogen worden war. Ein Schild mit der Aufschrift „Baustelle betreten verboten! Eltern haften für ihre Kinder“, brachte Tom zum Grinsen.

„Wie früher“, sagte er und suchte nach einer Lücke im Zaun. Beim Suchen hörte er ein Bellen. Dieses Mal lauter.

„Mister Ed, wie bist du denn hier reingekommen?“, rief Tom seinem Hund zu, während er weiter suchte. Wenig später fand er ein Loch im Zaun. Hier musste sein Hund durchgekrochen sein. Tom ging zu Boden und robbte ebenfalls hindurch. Als er auf der anderen Seite des Zauns war und aufstand, schaute er sich verstohlen um. Gänsehaut breitete sich auf seinem Körper aus, so intensiv war die Erinnerung an seine Jugend.

Mit festen Schritten ging Tom auf das Gebäude zu. Er betrat das alte Gemäuer und schaute sich um. Die verschmutzten Scheiben ließen das Sonnenlicht nur spärlich in den großen Raum scheinen, der dadurch unheimlich auf Tom wirkte. Er sah eine alte Werkbank an der Seite der Halle stehen. Auf der Bank standen alte Petroleumlampen und Werkzeugkisten aus Holz. Er ging zur Werkbank und schaute in die Kiste, die mit alten öligen Lappen und rostigem Werkzeug gefüllt war. Tom griff nach einem Lappen und roch daran. Es roch nach altem Öl, Eisen und Staub. Der Trecker seines Opas roch auch so. Die Gedanken des Horsters waren kurz davor, abzudriften, als das Gebell seines Hundes ihn wieder im Hier und Jetzt begrüßte.

„Ed, wo bist du?", rief Tom durch den großen Raum. Erneut folgte ein Bellen. Tom ging in die Richtung, aus der er meinte, das Bellen vernommen zu haben und drang so tiefer ins Gebäude vor. Die alte Fabrik war sehr verwinkelt und unübersichtlich. Es gab viele Räume, die unterschiedlich groß und durch Gänge oder Treppen miteinander verbunden waren.

„Fast schon ein kleines Labyrinth", murmelte Tom zu sich selbst, der erneut ein Bellen vernahm, welches aus einem Nebenraum an seine Ohren drang. Tom schlurfte mehr über den Boden, als dass er ging. Zu wenig konnte er sehen. Die Fenster waren mit Holzlatten vernagelt und erschwerten die Sicht um einiges.

Tom schaute durch die halb offene Tür in den angrenzenden Raum und er konnte das Hecheln seines pelzigen Freundes hören. Der Lichtstrahl seines Smartphones, welches er aus seiner Hosentasche fingerte, erleuchtete die Szene. Sein Hund fixierte einen kleinen Hasen, der total verstört in der Ecke saß und sich ganz flach machte. Das kleine Tierchen versuchte sich totzustellen, aber sein rasendes Herz bewies das Gegenteil.

Mister Ed bellte und wedelte mit dem Schwanz als er sein Herrchen sah. So, als wolle er ihm voller Stolz zeigen, was er gefunden hatte. Tom ging auf Mister Ed zu und sprach beruhigend auf den Hasen ein. In der Mitte des Raumes angekommen, schaltete er die Taschenlampenfunktion aus, steckte das Handy ein, griff in die Innentasche seiner Jacke und zog eine Schachtel Zigaretten raus. Er schmunzelte beim Anstecken der Kippe und streichelte sein Haustier.

„Hoppel los, ich halte das Monster fest", sagte Tom lachend in Richtung des Hasen, der sich noch immer nicht bewegte. Doch das Lachen gefror plötzlich auf Toms Lippen, als er ein lautes Knacken und Knirschen vernahm. Sein Hund legte die Ohren an und schaute zu seinem Herrchen. Tom schaute sich um und wollte zur Tür eilen, als auf einmal unter einem tosenden Grollen der Holzboden unter seinen Füßen nachgab. Sein Gleichgewichtsorgan versagte seinen Dienst und Tom wurde schwindelig. Zeitgleich fielen er, sein Hund und auch der Hase in die Tiefe. Tom schrie vor Panik laut auf. Seine Muskeln waren zum Zerreißen gespannt. Augenblicklich musste er kommen, der Aufschlag. Und so war es auch. Hart und brutal schlug er auf dem Boden auf. Ein brennender und stechender Schmerz durchfuhr seine Glieder. Das Blut rauschte in seinem Kopf und Tom nahm neben einen bitteren Geschmack im Mund auch noch ein Knacken oder Knirschen wahr. Der Schmerz bündelte sich und überflutete sein Gehirn. Tom wurde ohnmächtig.

Als er wieder erwachte, irrten seine Augen umher, suchten nach einem Punkt zum Fixieren. Nichts. Völlige Dunkelheit. Wo war er? „Die alte

Torffabrik“, schoss es ihm durch den Kopf, „Mister Ed und der Hase. Der Fall.“ Er lauschte ins Dunkel und hörte ein nicht definierbares Geräusch. Der am Boden liegende Tom tastete mit seinen Händen den Boden ab. Da, ein metallener Gegenstand. Sein Feuerzeug. Er schnippte das Zippo an und hob es hoch. Der Lichtschein fraß sich durch die Dunkelheit. Tom blickte nach oben und sah das große Loch im Boden des Raumes, in dem er den Hasen und seinen Hund fand. Er schätzte den Abstand zwischen ihm und dem Loch auf knapp drei Meter.

„Das schaffe ich“, murmelte er zu sich und nahm das Feuerzeug ein wenig runter. Nun betrachtete er seinen Körper. Kalter Schweiß bildete sich auf seiner Stirn.

Sein linkes Bein lag in einem abnormen Winkel zu seinem Körper auf dem Boden. Er erkannte im diffusen Schein des Feuerzeugs etwas Weißes an seinem Unterschenkel. Sein Hund lag vor seinem Bein und leckte mit der Zunge über das Weiße. Tom kniff seine Augen zusammen, um besser sehen zu können. Er konnte es nicht glauben. Das

Weiße war sein Schienbein und das Geräusch, das er vorher nicht erklären konnte, wurde durch das Lecken einer Zunge über eben diesen Knochen verursacht. Mister Ed leckte über seinen Schienbeinknochen, der spitz und brüchig aus seinem Unterschenkel ragte!

Tom schrie und wollte reflexartig sein Bein wegziehen. Doch so sehr er sich auch anstrengte, es geschah nichts. Das immer heißer werdende Feuerzeug verbrannte nun seinen Finger. Er schrie erneut und ließ den Lichtspender fallen. Die Dunkelheit umfing ihn erneut und er hörte seinen Hund winseln. Tom richtete sich im Dunkeln mit seinem Oberkörper auf und tastete nach seinen Beinen. Er konnte sie nicht fühlen. Er lag in einer Pfütze. Er roch an seinen Fingern. Es war Urin. Panik stieg in Tom hoch. Seine Beine bewegten sich keinen Millimeter und sein Hund leckte immer noch an seinem Schienbein, dem Geräusch nach zu urteilen. Er drückte den Hund von sich weg und zog sich mithilfe seiner Arme rückwärts durch den Raum. Steine, Splitter, grobe Hölzer und weitere Gegenstände versperrten ihm den

Weg. Er ertastete sein Smartphone. Es musste ihm beim Sturz aus der Jacke gefallen sein. Das Display war zersplittert, doch er konnte das Telefon entsperren. Schwer atmend aktivierte er die Taschenlampe und leuchtete in den schwarzen Raum. Er betrachtete nun genauer sein Bein und konnte einen Würgereiz nicht unterdrücken. Er sah, wie sein Blut langsam aber stetig aus der offenen Wunde floss. Er berührte mit seinem Finger den offenliegenden Knochen. Sein Verstand sagte ihm, dass er unausstehliche Schmerzen spüren müsste, aber er merkte nichts. Tom wurde mutiger und drückte den Knochen erst ein wenig, dann immer stärker. „Querschnittsgelähmt", schoss es Tom durch den Kopf und er schaltete seine Taschenlampe aus.

Toms Körper zuckte plötzlich und er wurde schlagartig wach. Er schaute auf sein Handy und erkannte, dass er für ein paar Minuten bewusstlos gewesen war. Sein Akku zeigte noch 63% an, aber er hatte kein Netz. Er hielt das Handy in die Höhe und sah, dass sich am Netzzustand nichts änderte. Er fluchte laut und bediente die Taschenlampen-

App. Im Schein des Smartphones erkannte er seinen Hund und erschrak. Mister Ed saß auf seinem Bein und leckte seine Wunde. Tom schrie auf und jagte seinen Hund weg. Dieser ging, winselte aber. Er musste sich auch beim Sturz verletzt haben. „Armer Ed", dachte Tom, zog seinen Gürtel aus den Schlaufen und band sich mühsam sein linkes Bein ab. Danach schlief er wieder ein.

Nach einem unruhigen Schlaf wachte er wieder auf. Es war sieben Uhr morgens. Seit fast 24 Stunden lag er schon hier unten. Die Leistung des Akkus stand bei 45% und er hatte immer noch kein Netz.

Die Blutung konnte er stillen, doch wenn er überleben wollte, musste er sich überlegen, wie er aus diesem Keller rauskommen konnte. Tom versuchte, sich aufzurichten. Er ertastete mit seiner Hand einen kleinen Vorsprung in der Wand, an der er mit seinem Rücken lag. Mit seinen Beinen konnte er sich noch immer nicht hochdrücken. Kein Gefühl. Mit seinen Armen alleine schaffte er es nicht. Vielleicht 20 oder 30 Zentimeter konnte er sich an dem Vorsprung hochziehen, dann verließen ihn seine Kräfte und er rutschte wieder auf den Boden. Tom versuchte es immer und immer wieder, bis er erschöpft am Boden liegen blieb und einschlief.

Tom wachte auf und lauschte ins Dunkel. Er nahm erneut ein Geräusch wahr. Dieses war jedoch anders. Er vernahm ein leises Quieken. Das plötzliche Aufleuchten des Displays und die dann aufblitzende Taschenlampe ließen die drei Tierchen, die auf Toms Bein saßen, erstarrten. Ratten! Ratten saßen auf seinem Bein. Sie fraßen sein Fleisch und leckten sich mit flinken Zungen über die spitzen Lippen! Hysterisch schlug Tom mit seiner Hand nach den Ratten. Diese quietschten und rannten hastig zurück ins Dunkel ihrer Ecken. Tom schrie und fluchte. Er tastete mit seinen Händen nach irgendetwas Greifbaren und fand sein Metallfeuerzeug, das er, ohne nachzudenken, schreiend in den Raum warf. Sein Hund fing an zu jaulen. Er musste ihn getroffen haben.

Tom fingerte nach seinem Handy und sah aufs Display. 23 Uhr. Hier unten hatte er das Zeitgefühl verloren. Er schlief immer wieder unruhig ein, bevor ihn die Kälte wieder weckte.

Erneut schreckte er auf. Ein neues Geräusch drang an seine Ohren. Instinktiv fasste er nach seinem Bein. Da war diesmal nichts. Er drückte die Taschenlampe an. Der Lichtstrahl zeigte den Verursacher der Geräusche. Es war der Hund. Er hielt etwas Pelziges zwischen seinen Pfoten fest. Es war der Hase. Er war tot. Wahrscheinlich hatte er den Sturz nicht überlebt. Mister Ed fraß ihn. Seine starken Kiefer ließen die Knochen des Hasen wie Plastik splittern. Der Schein der Taschenlampe schien dem Hund zu missfallen. Er knurrte. Tom machte die Taschenlampe aus und hörte noch lange Zeit das Knacken der Knochen und das gierige Schlucken des Hundes.

Als Tom erneut aufwachte, fühlte er sich noch schwächer. Er sah auf sein Handy. Der zerkratzte Bildschirm zeigte ihm, dass er nun schon fast drei Tage hier unten lag. Sicherlich würden die Leute ihn suchen. Oder?

„Hilfe...Hilfe“, kroch es leise aus Toms Mund. Er

hatte viel Blut verloren. Sollte man ihn hier finden und retten könnten, würden sie das Bein sehr wahrscheinlich abnehmen müssen. Doch Tom machte sich nicht mehr viel Hoffnung, gefunden zu werden.

Ohne Wasser und Lebensmittel würde er nicht mehr viele Tage schaffen. Er schlief wieder ein und träumte schlecht. Immer wieder hörte er dieses entsetzliche Knacken und Schmatzen. Er träumte, dass sein Hund ihn anknurrte und um ihn herumschlich. Er war bereit, sein Herrchen anzuspringen. Es zu beißen, zu zerreißen. Tom träumte, dass Mister Ed sprang und auf ihm landete.

Der Verletzte schreckte hoch. Schweiß perlte von seiner Stirn. Er brauchte ein paar Sekunden, um sich zu sammeln. Seine Ohren vernahmen erneut dieses Knacken. Tom schaute auf sein Handy. 23%. Das Licht der Taschenlampe wirkte wie ein weißer Finger in der Dunkelheit. Tom sah seinen Hund. Er lag in seiner Ecke. Er fraß noch immer. Den Hasen hatte er doch heute früh erst verspeist - oder war es gestern? Sein Blick wanderte durch den Raum. Er sah in die Ecken und suchte den Fußboden ab, bis er schließlich auf seine Beine starrte. Tom starrte sehr lange auf sein Bein. Es dauerte gut 20 Sekunden, bis er es realisierte. Sein Unterschenkel fehlte! Er war weg! Nicht da! Toms Mundwinkel zuckte. Er leuchtete auf seinen Beinstumpf und fühlte mit seiner Hand nach. Ja, der untere Teil des Beins war weg. Er schaute nach allen Seiten. Nichts. Dann leuchtete Tom erneut seinen Hund an und erkannte, dass es nicht der Hase war, den der Hund verschlang, es war sein Bein.

Tom geriet in Panik. Er atmete unkontrolliert. Schaum kam aus seinem Mund.

„Dieser Bastard hat mir mein Bein abgefressen", dachte Tom. Ekel und Wut durchströmten ihn. Er fing an zu schreien und mit seinen Händen tastete er erneut den Boden ab. Er fand Kieselsteine und größere Holzteile und warf diese immer wieder in die Richtung seines Hundes. Dieser jaulte kurz auf und fing dann an zu knurren. Tom hielt inne. Das Knurren drang satt und angsteinflößend in seine Ohren. Tom hatte Angst. Er konnte nicht viel ausrichten. Der Schein der Taschenlampe zeigte, dass Mister Ed in seiner Ecke blieb. Er zog seine Lefzen hoch und die weißen Reißzähne spiegelten matt den Schein der Lichtquelle wider. Ein dunkles Knurren mischte sich hinzu. Tom löschte die Taschenlampe. Er erkannte, dass das nicht mehr sein Mister Ed war. Er musste hier raus. Aber wie? Er war kraftlos, gelähmt und schwach. Sein Hund hingegen war gestärkt und auf eine Art und Weise aggressiv, wie er ihn noch nie erlebt hatte. Tom hörte seinen Hund schnarchen. Vielleicht konnte er nun die Chance nutzen? Aber wie? Sein Kopf durchspielte mehrere Möglichkeiten, doch am Ende stand immer nur noch die eine Möglichkeit zur Wahl: Er musste den Hund töten oder zumindest kampfunfähig machen. Doch wie sollte er das anstellen? Der Hovawart war groß und kräftig.

„Hätte ich doch bloß einen Köter wie Tante Elsbeth. Diese verkackte kleine Mistnudel, die einem alle Nase lang in die Hacken gebissen hatte", dachte Tom und er erschrak über seine Gedanken, die plötzlich voller Aggression waren. Er biss seine Kiefer so stark er konnte aufeinander. Seine Hände ballten sich zu Fäusten bis es schmerzte. Er trommelte auf den Boden. Er schlug immer stärker zu und hörte erst auf, als sein Hund zu bellen anfing. Es war eine Mischung aus Bellen und Knurren und das Geräusch kam immer dichter. Tom machte diese Haltung noch aggressiver. Er schrie Ed an. Der Hund blieb stehen und fletschte die Zähne. Nach einer Weile ging der Hund zurück in seine Ecke des Raumes. Fieberhaft dachte Tom nach. Es würde nicht mehr lange dauern und dieser Köter würde ihn angreifen. Dessen war sich der Horster sicher.

Tom bewegte sich vorsichtig und robbte mit dem Oberkörper an der Wand, an welcher er die ganze Zeit lag, entlang. Mit seinen Armen zog er sich in eine andere Ecke. Vielleicht lag hier eine Eisenstange oder ähnliches? Die Schleifgeräusche weckten den Hund auf. Er fing erneut an zu knurren. Tom verharrte in seiner Position und verhielt sich mucksmäuschenstill. Der Köter schlief wieder ein und nach einer Weile fielen auch Tom die Augen zu.

Tom nahm einen fürchterlichen Gestank wahr. Es war ein anderer als der von Urin und Kot, der seit ein paar Tagen in diesem Loch dominierte. Er war bestialisch. Tom öffnete seine Augen und erstarrte. Er blickte in zwei höllische, böse Augen und diese waren keine 20 cm von ihm entfernt. Er schluckte und bewegte sich nicht. Er hatte Angst, Todesangst. Der Köter konnte seine Angst riechen. Seine Lefzen wanderten erneut in die Höhe und seine Muskeln spannten sich.

„Dieses Mistvieh will mir an die Kehle", schoss es Tom durch den Kopf. Blitzschnell zuckten seine Arme nach vorne und legten sich um den Hals des Hundes. Tom drückte mit aller Kraft zu, doch es reichte nicht. Der Hund war stärker als sein Herrchen und er wand sich aus seinem Griff und schnappte gierig und besessen nach allen Seiten. Tom versuchte die Attacke zu parieren, doch das Maul des Hundes erwischte seine Hand und biss Tom den Ring- und kleinen Finger ab. Tom schrie, das Blut schoss ihm in die Ohren. Es rauschte stark in seinem Kopf und er schlug mit den blutenden Händen um sich. Der Kopf des Hundes zuckte immer wieder auf ihn zu. Er wollte ihm sein Gesicht zerfleischen. Immer wieder griff er an und Toms

Aktionen waren ausschließlich darauf beschränkt, seine Angriffe zu parieren. Plötzlich ließ Ed von ihm ab. Er schlich weiter fletschend um sein Herrchen herum. Es schien, als würde er auf eine bessere Gelegenheit warten. Tom tastete über den Boden. Doch da war nichts. Der Hund gab teuflische Laute von sich. Seine Hinterläufe senkten sich ab. Die kräftigen Pfoten suchten nach Halt im Unterboden. Tom erkannte, dass das Vieh gleich springen würde. Er hatte die Gedanken noch nicht zu Ende gesponnen, da stieß sich der Vierbeiner auch schon kraftvoll ab.

Mit einem mächtigen Satz flog er auf Tom zu und nur einen Augenblick später landeten 30 Kilogramm Muskeln und Fell auf dem Verletzten. Tom schaffte es, während des Sprungs seine Hände erneut um den Hals des Hundes zu legen. Die Wucht des Sprunges ließ Toms Oberkörper gegen die Wand schlagen. Sein Griff löste sich fast, doch schnell drückte er wieder fester zu. Die Schnauze des Hundes zuckte von links nach rechts, eine Mischung aus Knurren, Winseln und Quieken hallte durch den Keller. Er wollte sich aus dem Griff lösen, aber Tom gab nicht auf. Er drückte immer fester zu, doch die Kraft des Hundes schien ungebremst. Der Abstand zwischen Toms Hals und der Schnauze wurde immer geringer. Sein ekelerregender Atem schlug Tom mit heftigen Hechelgeräuschen permanent ins Gesicht. Seine spitzen Hundezähne nahm er nur vage in der Dunkelheit wahr, aber sie waren da. Er konnte sie spüren. Lange konnte Tom diese Position nicht mehr halten, seine Kraft nahm ständig ab.

Mit letzter Anstrengung nahm Tom seine verletzte Hand vom Hals der Bestie und ballte diese zu einer Faust. Diese drückte er dem Vieh ins offene Maul. Der Hund biss wie wild, aber die Faust steckte tief im Maul. Die Schmerzen waren unerträglich. Mit letzter Kraft bäumte Tom seinen Oberkörper auf, hielt den Hund weiter mit der einen Hand am Nacken und der anderen im Maul in Schacht und drehte sich dann abrupt auf die Seite und riss den Hund mit sich. Dieser lag nun auf der Seite und gurgelte, knurrte und strampelte mit seinen Beinen. Tom ließ nicht locker. Er drückte seinen Hund weiterhin auf die Seite und robbte sich dann über den Körper des Hundes. Von der einen auf die andere Sekunde vergrub er seine Zähne in den Hals des Hundes. Eine klebrige, warme Suppe schoss aus der Wunde und spritzte ihm ins Gesicht. Gurgelnd biss er immer wieder zu und hörte nur auf, um Luft zu holen, um dann wieder erneut in den Hals des Tieres zu beißen. Das Winseln wurde leiser. Die Kraft des Hundes ließ nach. Er lag leicht zuckend auf der Seite und sah sein Herrchen an, während sein Leben langsam aus seinem Körper wich. Tom war kurz davor, wahnsinnig zu werden. Er schrie und schluchzte und hielt seinen Freund fest in seinen Armen.

Nach einem traumlosen Schlaf wachte er wieder auf. Er war schwächer denn je und sein Überlebenswille war gebrochen. Tom holte sein Handy raus. 2% Akku. Er öffnete zum letzten Mal das elektronische Notizbuch, in dem er die letzten fünf Tage aufgeschrieben hatte, was hier unten geschehen war. Vielleicht fand irgendwann einer seine Notizen und dann wurde denen da draußen bewusst, dass der Mensch keine Freunde hat.

Der Schrankenwärter

Eggert Sommer hielt kurz inne. Das kleine Häuschen war jetzt in Sichtweite. Er musste schlucken, ging dann aber weiter auf das Gebäude zu. Alles war so vertraut. Die umliegenden landwirtschaftlichen Betriebe, die alte Wirtschaft „Harzhöhe“, in welcher er mit seinen Kollegen unzählige Biere nach Feierabend getrunken hatte, der Maschinenlärm der angrenzenden Zimmerei Kelting. Er sah zum Haus. Noch ein paar Meter, dann hatte er es erreicht. Ein leichter Schwindel durchfloss Eggert Sommers Körper und ein unbehagliches Gefühl kroch in ihm hoch, als er die Tür des kleinen Schrankenwärter-Häuschen aufschloss und die Klinke nach unten drückte. Quietschend gab die Tür nach und der alte Schrankenwärter begab sich in das Innere des Häuschens. Er schloss die Tür hinter sich und atmete tief durch. Modrige Luft füllte seine Lungen. Eggert Sommer zog seinen Mantel aus und hing ihn an den Haken, der hinter der Tür befestigt war. Er ging in den knapp fünfzehn Quadratmeter messenden Raum und schaute sich um. Ein kleiner Tisch mit zwei Stühlen, ein Arbeitstisch mit zahlreichen Lämpchen und Dioden und eine kleine Pritsche füllten den dunklen Raum aus.

Das hier war das zweite Zuhause von ihm und seinem Kollegen Hans Kleinschmidt gewesen. Über 40 Jahre lang arbeiteten beide als Schrankenwärter und sorgten stets dafür, dass den Menschen kein Leid geschah. Über 40 Jahre lang kurbelten sie die Schranken runter, unterhielten sich ein wenig mit den wartenden Passanten und kurbelten anschließend, nachdem die Züge den Übergang passiert hatten, die Schranken wieder hoch. Tagein ... tagaus ... über 40 Jahre lang.

Eggert sah zur Decke. Er erblickte den kleinen Eichenbalken, der sich von der einen Wand zur anderen erstreckte. Kein Mensch würde auf den Gedanken kommen, dass sich an diesem Balken einer erhängt hatte. Aber er wusste es besser. Er kannte die Geschichte, die sich hier zugetragen hatte. Er wusste um das Leid, welches sein Kollege die ganze Zeit mit sich herumtragen musste, die zermürbenden Gedanken, die sich in seinem Kopf abgespielt haben, die Schreie der Kinder, die mächtige Geräuschkulisse des Aufpralls und die noch mächtigere Stille, als alles vorbei war.

Er konnte Kleinschmidts Tat verstehen. Er hätte auch nicht mit dieser Bürde leben können. Zwar wurde ein technischer Defekt für den Unfall verantwortlich gemacht, aber Hans Kleinschmidt liebte seinen Beruf viel zu sehr, als dass er die Verantwortung von sich schieben konnte. An dem Geschehen, welches sich am 13. Januar 1968 ereignet hatte, ging Kleinschmidt zugrunde. Nie konnte er den Tod von sieben Schulkindern und dem Busfahrer verarbeiten. Dabei hätte er die Schranken geschlossen, wenn an diesem Tage die kleine rote Diode aufgeleuchtet hätte, wie sie es sonst auch immer tat. Doch die kleine Lampe hatte es am 13. Januar, um 12:41 Uhr, einfach vergessen.

Ein donnerndes Geräusch holte Sommer in die Realität zurück. Ein Güterzug holperte lautstark dröhnend an dem kleinen Häuschen vorbei, sodass die Wände wackelten. Die Schranken waren geschlossen und einige Autos sowie Passanten standen vor ihnen und warten darauf, dass sie wieder geöffnet wurden. Seit dem schweren Zwischenfall wurde alles automatisiert. Der Beruf des Schrankenwärters starb aus, wie einst die mächtigen Dinosaurier.

Eggert Sommer stand auf und schaute sich noch eine Weile um. Er nahm leise Abschied von einer Welt, die lange Zeit die seine war. Gerade wollte er sich zur Tür drehen, als ihm das kleine Lämpchen auffiel. Die kleine rote Diode blinkte lautlos und gleichmäßig – so, wie sie es immer getan hatte, wenn sich ein Zug näherte. Sommer schaute durch das dreckverschmierte Fenster und erkannte, dass die Schranken noch nicht geschlossen waren. Wieso leuchtete die Diode? Es war doch alles automatisiert! Kleine Schweißperlen bildeten sich auf der Stirn des alten Mannes. Er rannte zur Tür und riss diese auf. Noch immer waren die Schranken offen und sie machten auch nicht die geringsten Anstalten, sich zu senken. Eggert Sommer rannte zu den Bahngleisen. Er kniete sich hin und legte seinen Kopf auf die Gleise. Das leise Surren ließ nichts Gutes verheißen und Sommer erkannte die drohende Gefahr. Er lief zurück ins Wärterhäuschen und suchte die Kurbel, mit welcher man die Schranken schließen und wieder öffnen konnte. Er fand sie nicht. Panik breitete sich in seinem Körper aus. Schreiend lief er erneut aus dem Häuschen und warnte die Menschen, die die Gleise überqueren wollten. Er winkte den Autofahrern zu, wollte ihnen so zu verstehen geben, dass sich ein Zug näherte. Doch die Leute ignorierten ihn und fuhren oder gingen weiter. Sommer verstand die Welt nicht mehr. Was ging hier vor sich? Er gab nicht auf. Erneut eilte er zu den Passanten und versuchte, sie zu warnen, doch nichts geschah – sie gingen einfach weiter, sie nahmen ihn nicht wahr. Sommer hörte ein dumpfes Rauschen – der Zug – er kam! Er blickte die Gleise entlang und er sah es, das tonnenschwere Ungetüm aus Stahl. In wenigen Augenblicken würde es den Bahnübergang passieren.

Panisch vor Angst rannte Eggert Sommer umher. Plötzlich hielt er inne. Er sah einen Schulbus, der sich unaufhaltsam den Bahnschienen näherte. Sommer ging zu Boden, sein Herz fing an zu flimmern und setzte ihn für die wahrscheinlich wichtigsten Augenblicke seines Lebens außer Gefecht. Er wollte auf die Straße kriechen, damit der Bus die Schienen nicht überqueren konnte, doch er schaffte es nicht mehr. Eggert Sommer musste mit ansehen, wie der Bus an ihm vorbeifuhr und er wusste, dass es jeden Augenblick passieren müsste – der Zusammenprall, die Schreie, das Blut, die Toten ... als ihn plötzlich eine Hand packte.

„Man Eggert, das lass mal nicht den Oberdirektor sehen. Schlafende Schrankenwärter sind wie lebende Zeitbomben!"

Sommer blickte sich verwirrt um. Er saß auf einem Stuhl in der Wärterhütte. Als er die Person erkannte, die vor ihm stand, schrie er kurz auf. Es war Hans! Hans Kleinschmidt – der ... tote Schrankenwärter?

„Mensch Eggert, was ist denn mit dir los? Du guckst ja, als hätte dich ein Autobus angefahren! Geht es dir nicht gut?"

Die Worte, die aus Hans' Mund kamen, drangen wie durch Watte in Eggerts Ohren.

„Geh bloß nach Hause und schlaf dich mal richtig aus. Siehst ja gar nicht gut aus.“

Sommer wischte sich den Schweiß von der Stirn.

„Hans! Hans ... sag mal, welches Datum haben wir heute?“

„Haha – du bist ja vollkommen durch den Wind. Den 13. haben wir heute!“

„Ja, ja ... aber welchen Monat und ... welches Jahr?“

„Also Eggert, nun machst du mir aber echt Angst. Heute ist der 13. Januar 1968 und es ist jetzt ... 12 Uhr und 35 Minuten. Wieso fragst du?“

Hans schaute seinen Kollegen verwundert an. Die Fragen, die Eggert ihm stellten, machten ihn unruhig.

„Ach, nur so“, gab Eggert von sich und griff nach seiner alten Lederaktentasche. Er ging an seinem Kollegen vorbei und machte die kleine Tür auf. Im Rahmen blieb er kurz stehen und wandte sich Hans zu.

„Hans? Ach, schon gut.“

Mit diesen Worten zog der Schrankenwärter die Tür hinter sich ins Schloss und machte sich zu Fuß auf den Heimweg. In seinem Kopf rumorte es. War er verrückt? Was ging hier vor sich? Hatte er wirklich nur geträumt? Gedankenversunken stapfte er in Richtung Dorf. Ein Herrengedeck im Heidekrug würde ihn auf andere Gedanken bringen. Er blickte beim Gehen auf seine Schuhe. Schritt für Schritt. Die Bürgersteige der Straße Pappelallee waren schlecht von Eis und Schnee geräumt. Das dumpfe Brummen eines vorbeifahrenden Gefährts ließ Eggert Sommers Gedankenwelt wie ein Kartenhaus zusammenfallen. Er blieb stehen und schaute sich um. Eggert nahm wahr, dass eben ein Bus an ihm vorbeifuhr. Es war ein Schulbus und er fuhr Richtung Bahndamm. Eggert Sommer schaute auf seine Armbanduhr. Es war 12 Uhr 40 ...

Der Briefzusteller

Thomas Schwarz wurde nervös. Noch vier Haushalte, dann war er wieder bei ihr. Ob es heute erneut so schlimm sein würde? Er sammelte die Post für die Krügers ein und stieg aus dem Transporter. Auf dem Weg zum Briefkasten wurde er gegrüßt. Schwarz erwiderte dieses Mal den Gruß nur mit einem leichten Kopfnicken. Die Sache beschäftigte ihn nicht nur, sie fing an, ihn zu belasten. Seit unzähligen Jahren stellte der Briefträger die Post in der kleinen Gemeinde zu. Einen Fall wie diesen hatte er jedoch noch nie gehabt. Drei Briefe und eine Postwurfsendung landeten im Schlitz der Krügers. Der Zusteller ging zurück zum gelben Wagen und fuhr ein Stück weiter. Noch drei Haushalte.

Auf dem Weg zu den Fuhlbrücks dachte er daran, dass es doch irgendeine Lösung geben müsse. Gedankenversunken warf er die Werbebotschaften in den Briefkasten der Familie. Noch zwei Haushalte.

Die Meyers hatten heute keine Post. Noch ein Haushalt.

Er hielt bei Familie Lange an, schaute aber schon zum Nachbarhaus. Die Vorhänge waren zugezogen. Wie immer. Der Postangestellte sammelte die Briefe für die Familie ein und ging zur Haustür. Frau Lange öffnete freundlich und nahm dankend die Briefe an.

„Moin Thomas. Danke für die Briefe. Sag mal, hast du nicht vielleicht auch ein Paket für uns? Die neue App sagte, dass wir es heute bekommen sollen“, fragte die junge Mutter.

„Ach richtig, da war was“, sagte der Zusteller und ging zurück zum Wagen. Wo war er nur mit seinen Gedanken? Er musste sich besser konzentrieren. Er fand das Paket und ging zurück zur Frau. Immer wieder schaute er zum Nachbarhaus hinüber. Ihm wurde mulmig.

„Hier, bitte. Eine Unterschrift bekomme ich dann noch.“

„Gerne - so. Vielen Dank, Thomas.“

„Bis bald“, sagte er und ging zurück zum Postwagen. Er ließ sich auf den Fahrersitz fallen und sah zum Haus. Erneut fuhr er ein Stück vor und hielt dann an. Seine Hände wurden feucht. Er nahm den Amtsbrief an sich. Ein Einschreiben mit Rückschein. Adressiert an Ralf und Maria Lickfett. Er schaute zum Haus und dachte nach.

Der Knall kam so überraschend, dass der Postbote zusammenfuhr.

„Na, träumst auch von besseren Zeiten, oder?“; lachte Arne Winter, der mit seiner flachen Hand laut gegen die Tür des Wagens schlug.

„Man, Arne“, fauchte der Bote ihn durch das geöffnete Fenster der Fahrertür an.

„Spinnst du?“

„Hey, was los? Stress?“

„Ja, viel zu tun.“

„Sehen wir uns heute Abend beim Derby?“

„Mal sehen, glaub schon.“

„Okay, halt dich.“

„Ja, du auch.“

Thomas stieg aus dem Wagen und machte sich auf den Weg zum Haus der Lickfetts. Der Weg schien endlos lang. Er zählte immer die Schritte, die er benötigte, um von der Straße bis zum Briefkasten zu kommen. Bei den Lickfetts waren es 13 Schritte. Vier, fünf, sechs - er hielt an und versuchte, konzentriert zu horchen. Nichts. Sieben, acht, neun, zehn - er hielt erneut an. Nichts. Elf, zwölf, dreizehn. Er stand direkt am Briefkasten, der neben der Eingangstür hing. Seine freie Hand bewegte sich zum Klingelknopf. Bevor er drückte, hielt er noch einmal inne. Es war ruhig. Er drückte den Knopf und ein dumpfes „Ding-Dong“ ertönte hinter der Eingangstür. Thomas Schwarz lauschte dem immer leiser werdenden Geräusch.

Nach gut 30 Sekunden drückte er den Klingelknopf erneut. Der Postbote ging einen Schritt zurück und schaute sich um. Der Wagen stand nicht auf der Auffahrt. Waren beide weg? Noch während er eine Antwort auf seine innere Frage suchte, hörte er im Innern des Hauses ein Geräusch. Es war kaum wahrnehmbar, aber er hörte es. Er hörte es, weil er es auch hören wollte. Schnell ging er wieder zur Tür. Diesmal klopfe er.

„Frau Lickfett? Frau Lickfett! Ich habe ein Einschreiben für Sie. Sind Sie zuhause?“

Erneut folgte eine endlos scheinende Stille. Nur die Umgebungsgeräusche waren zu hören. Diese blendete der Bote jedoch aus. Er hörte, wie die Türsicherung eingehakt wurde. Kurz darauf öffnete sich die Tür einen kleinen Spalt und ein kaum zu erkennendes Gesicht schaute mit leeren Augen aus dem dunklen Hausflur auf den Postboten.

„Frau Lickfett. Sie sind ja zuhause. Toll. Ich habe hier ein Einschreiben für Sie und ich bräuchte eine Unterschrift von Ihnen“, erklärte der Mann. „Können Sie mir den Empfang bitte kurz quittieren?“

Die Tür wurde wieder geschlossen und die Türsicherung entriegelt. Dann öffnete Frau Lickfett die Tür erneut. Dieses Mal einen Spalt mehr. Der Zusteller ging einen Schritt auf die Tür zu und hielt ihr den Brief entgegen. Er drückte ein wenig gegen die Tür, so dass sie sich ein Stück weiter öffnete. Als der Postbote das Gesicht der Frau vollends erkannte, stockte ihm der Atem. Ihr Gesicht sah sehr viel schlimmer aus, als bei den letzten Malen, die er sie gesehen hatte. Fast jeder Zentimeter ihres Gesichtes war mit Hämatomen übersät. Es schien, als würde sie eine grüne, blaue und rote Maske über ihren Kopf gezogen haben.

„Mein Gott, Frau Lickfett!"

In diesem Augenblick kam ein alter Ford Mondeo auf die Auffahrt des Hauses gefahren und der Postbote drehte sich zu ihm um. Währenddessen schloss Frau Lickfett die Tür wieder. Thomas Schwarz merkte es jedoch erst, als er wieder mit ihr reden wollte. Der Fahrer des Wagens sprang aus dem Fahrzeug und eilte zum Briefzusteller.

„Was ist?", fuhr ihn der Mann harsch an.

„Nichts. Ich habe hier ein Einschreiben für Sie", erwiderte Schwarz nervös.

„Hast du mit meiner Frau gesprochen?"

„Wie bitte?"

„Hast du - mit meiner - Frau gesprochen?", wiederholte der stämmige Mann und ging dabei auf den Postboten zu.

„Nein ... habe ich nicht. Ich habe ... ich wollte eben erst klingeln", gab der Bote unsicher als Antwort.

„Dein Glück. Meine Frau braucht Ruhe. Sie ist krank!"

„Ja, okay. Hier ... Ihr Brief. Wenn Sie bitte hier unterschreiben?"

Der Briefträger schlich zurück zum Wagen. Sein Magen drehte sich. Er fühlte sich schwach und konnte nicht gerade denken. Er fuhr zur Postfiliale und stellte seinen Wagen ab. Er meldete sich krank.

Eine halbe Stunde später saß Thomas zuhause auf seiner Couch. Er konnte es nicht fassen. Er hasste sich selbst dafür. Dieses Arschloch wird früher oder später seine Frau totschlagen. Wieso half keiner dieser Frau? Wieso? Was war mit den Nachbarn? Die hätten doch was hören müssen? Und was war mit den Schulkindern, die dort jeden Tag vorbeigingen? Hört oder sieht denn keiner was? Er stand auf und ging ins Badezimmer. Er pinkelte im Stehen und dachte nach. Nach dem Geschäft schaute er in den Spiegel und sah sich an.

„DU hast es gesehen! DU weißt alles! DU und nur DU kannst dieser Frau helfen!“, dachte er. Er senkte seinen Blick und schämte sich. Er war ein Feigling. Er war so schwach.

Tage später

Mit der Post war er durch. Nur noch ein Paket lag auf dem Beifahrersitz. Der Bote schaute auf Lickfetts Haus. Der Mondeo stand auf der Auffahrt und dieses Mal schwitzte Thomas stark. Er sah immer wieder zum Haus und dann zum Paket. Sollte er es wirklich tun? Eine Welle der Unsicherheit umspülte ihn. Doch dann kamen ihm wieder die schrecklichen Bilder in den Kopf. Ja, er musste es tun. Seine innere Stimme bestärkte ihn. Mit der rechten Hand tippte er nervös auf das Paket. Er würde bestimmt eine gewisse Mitschuld tragen, aber es war ihm egal. Er musste ihr helfen. Dieser miese Typ hatte sie so sehr unter seiner Kontrolle, dass sie sogar für ihn log. Sie sei die Treppe runtergefallen ... der Klassiker.

Da - die Tür ging auf! Der Zusteller zuckte zusammen, als hätte man ihn erwischt. Automatisch drückte er sich tiefer in den Sitz, als würde man ihn so weniger sehen. Ralf Lickfett setzte sich in den Ford und fuhr los. Jetzt war er an der Reihe. Wenn er helfen wollte - und er wollte helfen – dann jetzt. Er griff sich das Paket und verließ den Postwagen.

Auf dem Weg zu den Lickfetts ging Thomas am Haus der Langes vorbei. Frau Lange stand am Küchenfenster und winkte ihm zu. Er nickte verzerrt lächelnd zurück. Sein Puls schlug bis zum Hals, als er vor dem Grundstück der misshandelten Frau stand. Er schaute auf die Eingangstür und setzte seinen Weg fort. Eins, zwei, drei, vier, fünf, sechs - er blieb kurz stehen und schaute zu allen Seiten. Nichts. Sieben, acht, neun, zehn, elf, zwölf, dreizehn. Thomas drückte die Klingel und sein Herz raste. Er klingelte erneut. Dann noch einmal. Eine Schweißperle floss von seiner Stirn über seine Braue ins Auge. Es brannte. Dann öffnete sich die Tür einen Spalt.

„Ja, bitte?“, fragte eine flüsternde Stimme.

„Ähm ... Frau Lickfett, ich habe hier ein Paket für Sie. Es ist für Sie. Also nur für Sie“, stammelte er und überreichte das gelbe Paket an die Frau.

Währenddessen sah Thomas ihr ins Gesicht. Sie erwiderte den Blick. Er erkannte, dass einige blaue Flecken bereits verheilten; andere waren neu hinzugekommen. Er drückte das Paket in ihre Hände. Sie nahm es an, nickte mit dem Kopf und schloss dann wieder die Tür. Er blickte noch zwei oder drei endlos wirkende Sekunden auf die geschlossene Tür. Dann drehte er sich um und ging zum Wagen. Er zog die Tür hinter sich zu und atmete tief durch. Seine Hände zitterten, aber es war überstanden.

Thomas Schwarz wollte gerade seinen Wagen starten, als der rote Ford um die Ecke kam und auf die Auffahrt fuhr. Er hielt die Luft an und dachte, sein Kopf platze gleich vor Nervosität. Der Kerl stieg aus und schaute dabei in die Richtung, in der der Postbote stand.

„Scheiße, er hat mich gesehen", dachte er und startete dabei in den gelben Transporter. Der Scheißtyp hat bestimmt nur Zigaretten geholt und nun starrte er ihn an. Der Postbote fuhr langsam an. Er versuchte, sich nichts anmerken zu lassen. Ralf Lickfett warf die Tür des Fords zu und ging in Richtung Straße.

„Scheiße, Scheiße, Scheiße", winselte Schwarz

innerlich, „was will der Kerl von mir?"

Er schaltete in den zweiten Gang und gab etwas mehr Gas. Dann stand der Mann mitten auf der Straße und Thomas überlegte kurz - doch dann bremste er und hielt an. Der Postbote stand nun genau vor der Auffahrt der Lickfetts. Die Männer musterten einander. Schwarz schluckte. Lickfett ging auf die Fahrerseite zu und symbolisierte mit der Hand, die Scheibe runter zu drehen. Schwarz gehorchte.

„Hallo Postbote. Du musst uns einen Gefallen tun!", forderte der Mann auf der Straße.

„Einen Gefallen?"

„Ja, sag ich doch. Ich brauche so einen Antrag von dir", ergänzte er.

„Entschuldigung ... ich verstehe nicht richtig", gab der Bote mit holpriger Stimme zurück.

„Meine Frau und ich verreisen ein paar Tage. Also unter uns ...", er Lickfett kam näher an die Scheibe des Wagens. „Es wird sehr wahrscheinlich ein wenig länger dauern."

„Wie - länger? Was haben Sie vor mit ihr?"

„Wir wollen ... ich muss sie ... ich", stammelte Lickfett. Dann brach er an der Fahrertür zusammen. „Ich kann nicht mehr, ich kann einfach nicht mehr!". Er weinte. Er weinte so stark, dass man seine Sätze nur schwerlich verstehen konnte.

„Ich muss ... immer stark sein, immer, verstehen Sie? Ich muss für sie da sein. Tag und Nacht. Ich kann sie doch nicht alleine lassen. Sie tut sich doch sonst was an ...", schluchzte der derbe Mann auf den Knien ins Wageninnere.

„Was meinen Sie damit? Sie können sie nicht alleine lassen?" Thomas Schwarz verstand die Welt nicht mehr. Was war hier los?

„Meine Frau ist Borderline-Patientin und schwerst depressiv. Wissen Sie, was das bedeutet?"

Schwarz schwieg.

„Sie fügt sich, wann immer sie alleine ist, Schaden zu. Sie wirft sich mit Absicht die Treppe runter, sie läuft gegen Wände, mit dem Gesicht voran und ich muss immer auf sie aufpassen. Tag und Nacht. Ich habe meinen Job verloren und - ach, egal. Nun haben wir endlich einen Therapieplatz bekommen und ich ziehe mit meiner Frau nach Heidelberg. Und als ich sie sah, dachte ich, dass ich mir bei Ihnen so ein Formular abholen kann. Wie heißt das doch noch gleich?"

„Nachsendeauftrag", sagte Thomas monoton und mit leeren Augen, als plötzlich ein Pistolenschuss aus dem inneren des Hauses der Lickfetts knallte und der Postbote stumm seine Augen schloss.

Der Unfall

Endlich Wochenende. Laura und Tobias freuten sich. Wenn alles nach Plan lief, dann wären sie in einer knappen Stunde an der Ostsee. Der Frühling versprach traumhaftes Wetter und der alte Golf von Tobias rollte schneller als erlaubt ins Wochenendglück.

„Nicht so schnell“, murmelte Laura, die ihre Beine auf dem Armaturenbrett ausgestreckt hatte und nebenbei ihre Social Accounts mit ihrem Smartphone checkte. Ihre Kopfhörer versorgten sie mit leichten Sommerbeats.

„Passt schon“, antwortete Tobi kurz. Der 21-Jährige drehte seine Anlage lauter. Die Tachonadel bewegte sich auf 135 km/h. Die Landstraße war frei und er hatte seinen Lappen schon seit über zwei Jahren. Unfallfrei natürlich und auch die Blitzer konnten ihn nicht erwischen. Zum Glück gab es Warn-Apps.

„Ey Tobi, bitte“, sagte seine 19-jährige Freundin genervt.

„Da vorne ist gleich Segeberg. Da muss ich eh

wieder runter“, sagte er und schaute sie an. Seine kleine süße Laura. Seit über einem Jahr waren sie nun schon zusammen. Laura kaute lässig ihr Kaugummi. Während sie einen Beitrag auf Insta likte, erkannte sie aus dem Augenwinkel, dass Tobi sie ansah. Sie schaute ebenfalls zu ihm und lächelte. Als sie auf die Straße schaute, erstarrte sie.

„Tobiiii!“, schrie sie laut und riss ihren Freund aus seinem Tagtraum. Der Fahrer blickte zurück auf die Straße.

„Scheiße, ein Reh!“, dachte er kurz. Seine Augen weiteten sich und die Pupillen wurden größer. Im Bruchteil einer Sekunde wurde in seinem Körper so viel Adrenalin freigesetzt, dass es einen Elefanten zum Springen animiert hätte. Der Stoff durchströmte seine Adern. Tobias riss das Lenkrad nach links. Leider viel zu heftig. Der Wagen neigte sich abrupt zur Seite und befand sich im Nu auf der Gegenfahrbahn.

„Wenn ein Reh auf der Straße steht, halte einfach drauf zu. Niemals ausweichen“, hallten in Tobias Kopf die Worte seines Fahrlehrers nach.

Der Golf raste über die leicht erhöhte Straße hinweg. Alle vier Räder hatten den Kontakt zur Fahrbahn verloren. Tobias sah wie durch Milchglas auf das Armaturenbrett. 145 km/h sind echt schnell. Zu schnell, wenn man von der Fahrbahn abkam.

„Unfall schläft nicht“, hörte er seinen Vater reden. Dieses Mal verdrehte er nicht seine Augen.

„Schnallt euch an“, war immer und immer wieder dieser eine Satz seiner Mutter gewesen. Zunächst war er ja auch angeschnallt, aber so ein Gurt engte ein und heute war doch Wochenende. Heute war Spaß, heute war doch Ostsee!

„Ob das Bier heil bleibt?“, schoss es ihm durch den Kopf, während das Fahrzeug über den Straßengraben schoss und sich nun leicht schräg nach vorne neigte.

Den endlosen und schrillen Schrei von Laura nahm er nicht wahr. Aber den Acker, der sein Blickfeld immer weiter ausfüllte, den sah er auf sich zukommen. Seine Hände hielten noch immer verkrampft das Lenkrad fest.

„Bei einem Unfall immer die Hände vom Lenkrad weg“, hörte er wieder die Stimme seines Fahrlehrers.

Doch er konnte nicht. Sein Kopf befahl ihm, festzuhalten. So stark er konnte! Und so drückte er. Fester und immer fester und dann spürte er, wie sich die Front des Wagens in den Acker bohrte. Wie in Zeitlupe.

Die Kraft des Aufpralls ließ seinen Körper nach vorne rucken. Im Augenwinkel erkannte er, dass Lauras Oberkörper dieses ebenfalls tat. Dann ein Knall. Nein, es war nicht der Aufprall, es waren die Airbags. Deren Wucht war so gewaltig, dass Lauras Wadenbeine wie Zahnstocher brachen, während Tobis Oberkörper in den weichen Sack eintauchte.

Doch da war kein Gurt, der seinen Körper bremste und so schlug das Lenkrad in seinen Oberkörper ein, brach ihm das Brustbein, quetschte die Lunge und brach auf Anhieb sieben Rippen.

Das Heck des Golfs wuchs in den Himmel und der gigantische Druck auf Tobis Brustkorb wich. Langsam machten sich die Fliehkräfte an den Körpern der beiden Insassen zu schaffen. Lauras linkes Wadenbein steckte in ihrem Hals und ihr Blut spritzte wie aus einem defekten Hydraulikschlauch in den Innenraum des Wagens. Ihr gurgelndes Röcheln hörte man in dem Inferno nicht.

Das Heck des Wagens neigte sich weiter und zog die Karosse mit sich. Die Unterseite des Wagens war jetzt oben und ca. sechs Meter über dem Acker. Die Rotation des Bleches setzte sich fort und Tobias sah direkt vor sich Lauras Handy. Es schien vor seinen Augen zu schweben. Wie im All.

Dann rammte sich das Heck in den matschigen Boden und die beiden Körper wurden wie Puppen in den Fond des Pkw gedrückt. Die Gewalt des Aufpralls ließ die Heckscheibe aus dem Rahmen springen.

Der Wagen setzte seinen zerstörerischen Tanz fort, stieg dieses Mal in einem steileren Winkel in die Luft und drehte sich dabei schneller um die eigene Querachse. Die Zentrifugalkraft schleuderte Lauras wild verrenkten Körper wie ein übergroßes Katapult durch die Heckscheibe. Sie flog – nein – sie schoss aus dem Wagen, flog schneller und höher als dieser. Dabei schlug sie wilde Pirouetten und ihre Arme ruderten dabei immerzu, bevor sie auf dem kalten Acker aufschlug und sich in den Morast eingrub.

Einen Herzschlag später landete der Wagen auf ihrem zarten Körper und quetschte sie unbarmherzig weiter in den Matsch. Er ließ nur eine aufgeplatzte leere Hülle im Dreck zurück, während Tobi nicht mehr viel durch die von innen blutverschmierte Windschutzscheibe erkennen konnte. Er stieg noch ein letztes Mal mit dem Wagen in die Höhe und erkannte noch im Bruchteil einer Sekunde die Schwerelosigkeit, in der sein zerbrochener Körper schwebte. Dann ging es wieder hinunter.

Der Wagen drehte sich noch einmal und landete dann krachend in einer großen Schlammpfütze auf dem Dach. Scherben und Metall knisterten durch den Wagen – dann war es still.

Tobi lag mit dem Kopf seitlich auf dem Wagenhimmel. Eiskaltes Wasser schoss sofort und unaufhaltsam in den Wagen und umspülte seinen Kopf. Er schmeckte Bier und Blut und er konnte seinen Kopf nicht mehr bewegen. Tobias fühlte das Wasser und dachte an die Ostsee. Ob das Wasser dort auch so kalt war?

„Unfall schläft nicht“, hörte er wieder die Stimme seines Vaters und schloss für immer die Augen.

Der Flaschengeist

Andreas Kopperschmidt saß in seinen Gedanken versunken auf dem Trecker und pflügte das Feld. Der 16-jährige Bauernsohn ärgerte sich schon den ganzen Tag über seine Eltern. Wieso sollte er ausgerechnet heute das Feld pflügen? Er hatte vorgeschlagen, es morgen zu erledigen, doch sie blieben stur. Und dass, obwohl heute das große Feuerwehrfest im Dorf war. Die Blauröcke feierten 150. Jubiläum!

Andreas schäumte vor Wut. Es war ja nicht das erste Mal, dass seine Eltern ihm Sachen verboten hatten. Immer wieder redeten sie ihm in seine Pläne. Seine Mutter versuchte noch, mit Argumenten zu kommen, doch selbst die besten Gegenargumente halfen ihm nicht weiter. Stets kam der Vater mit dem Verbotshammer und beendete die Diskussion. Er hasste es. Er hasste seine Eltern! Besonders hasste er es, wenn seine Eltern ihm vorhielten, dass er sich besser ausdrücken müsse und nicht immer nur diese unnütze deutsche Rapmusik hören solle. Von diesem Mist würde er bestimmt nicht lernen, sich besser ausdrücken zu können. Andreas drückte aufs Gaspedal.

Das monotone Arbeiten und das Dröhnen in der Kabine des Schleppers machten ihn müde. Kurz vor der Beendigung seiner Arbeit entdeckte der Jugendliche ein seltsames Objekt mitten auf dem Feld. Er muss es eine Reihe zuvor hochgepflügt haben. Der junge Mann hielt den Trecker an, sprang aus der Kanzel und stiefelte auf den Gegenstand zu. Ein metallisches Teil, welches vermutlich an einer Holzbohle befestigt war, ragte aus dem Erdreich. Andreas versuchte, den Gegenstand aus dem Boden zu ziehen. Er musste das Teil mit seinen Händen ein wenig freilegen, dann ging es. Er zog an dem aus Metall bestehendem Griff und förderte nach einiger Kraftanstrengung eine kleine dunkle Holztruhe zutage.

Die Truhe war, trotz der kleinen Abmessung, sehr schwer. Der Bauernsohn war gespannt. Was war das für eine Truhe und vor allen Dingen, was war darin? Er zog die Kiste zum Trecker und stellte sie dort leicht außer Atem ab. Mit seinem Taschenmesser befreite er sie vom gröbsten Dreck. Er beäugte seinen Fund und schaute sich suchend um. Keine Menschenseele weit und breit. In Andreas machte sich ein kribbelndes Glücksgefühl breit. Was, wenn es ein Schatz ist? Steckten vielleicht Goldmünzen in der alten Truhe?

Er suchte nach einer Öffnungsvorrichtung, fand aber nichts. Es gab nur die Holzkiste und den Griff aus Metall. Diesen betrachtete er eindringlicher. Er zog, drückte, riss und hebelte an ihm. Nichts. Andreas wischte weiteren Schmutz mit seinem Stofftaschentuch weg. Dann holte er aus der Fahrerkabine seine Wasserflasche und drehte sie auf. Der Wasserschwall ergoss sich leicht schäumend auf dem Holz. Anschließend putzte er mit dem Tuch nach. Er wiederholte den Vorgang noch weitere Male und schaute sich die Kiste konzentriert an. Da! Er erkannte an der äußeren Ecke der Truhe einen mit bloßem Auge kaum zu erkennenden Versatz. Diesen betastete er forschend und erkannte, dass er mit etwas Druck eine kleine Lade aufschieben konnte. Während des Schiebens wurde beim Metallbeschlag ein Schlüsselloch freigegeben und in der Lade lag ein kleiner silberfarbener Schlüssel.

Andreas musste schlucken. Er war aufgewühlt. Erneut schaute er sich um. Noch immer war er alleine auf dem Feld. Er nahm den Schlüssel mit zittrigen Fingern aus der kleinen Lade. Dann drehte er die Holztruhe zu sich und steckte den Schlüssel ins Schloss. Nach dem Drehen des Schlüssels folgte ein kleines Klack und ein vorher nicht zu erkennender Deckel kam nun zum Vorschein. Ein wahrer Meister musste diese kleine Kiste gefertigt haben.

Bevor der Junge die Truhe öffnete, ging er erneut zum Trecker und stellte den Motor ab. So konnte er besser hören, wenn sich plötzlich doch ein Spaziergänger näherte. Er kniete sich wieder vor die Schatulle und seine Hände wanderten erneut zur Kiste, die er nun vorsichtig öffnete. Mit leicht zusammengekniffenen Augen spähte er ins Innere und entdeckte eine braune Apothekerflasche. Seiner vorherigen Anspannung folgte Enttäuschung. Er nahm die Flasche, die in rotem Samt gebettet war, aus der geheimnisvollen Kiste und hielt sie gegen die bereits untergehende Sonne. Er erkannte nichts. Keine Flüssigkeit und auch kein Zettel oder Ähnliches. Entzaubert griff er nach dem Korken, der halb im Flaschenhals steckte, und zog ihn heraus. Er führte die Flasche zur Nase und roch an ihr - vollkommen geruchslos. Andreas wollte die Flasche gerade wieder absetzten, als plötzlich aus dem Innern ein heftiger Windstoß entströmte und mit hohem Druck durch die Nase des jungen Bauern in seinen Körper fuhr. Andreas erschrak und fiel nach hinten über. Er hielt und rieb sich die Nase, die sich anfühlte, als hätte er Salzwasser verschluckt.

Andras schüttelte sich, zog seine Nase hoch und spuckte aus. Der Schmerz war auszuhalten, aber dieses plötzliche Phänomen und der Schreck ließen ihn leicht panisch werden.

„Was, um alles in der Welt, war das?“, fragte sich der Junge, ohne laut gesprochen zu haben und eine Stimme, die aus seinem Innern zu kommen schien, antwortete.

„Ich war das.“

„Wer ist ich?“, fragte Andreas laut.

Die Stimme in seinem Innern sagte: „Ich, Barabas.“

Andreas hielt sich seine Hände an den Kopf. Dann nahm er die Wasserflasche und schüttelte sich den Rest über seinen Kopf.

„Das bringt nichts. Ich bin in dir“, hörte er die Stimme weiter reden.

„Was bist du?“, fragte Andreas leise.

„Ich bin ein Flaschengeist“, hallte es durch seinen Kopf, „ ... und ja, du hast nun drei Wünsche frei. Auch ich muss sie dir gewähren.“

„Wieso auch du?“

„Weil ich, sagen wir, kein ganz so guter Geist bin. Aber ich muss dir drei Wünsche erfüllen, sonst komme ich nicht frei.“

Andreas wusste nicht, was schlimmer war, die Stimme in seinem Kopf oder die Tatsache, dass er sich mit ihr unterhielt.

„Was heißt nicht ganz so guter Geist?“, fragte Andreas nach.

„Ist nicht so wichtig. So, und wie lauten deine drei Wünsche?“

Andreas dachte, dass er momentan träumen würde. Es war ein Traum. Ganz bestimmt.

„Nein, ist es nicht. Deine Wünsche, bitte!“

Er hielt kurz inne und dachte nach. Angenommen, es ist kein Traum, dann müsste er nur drei Wünsche äußern und der Spuk wäre vorbei.

„Stimmt“, hörte er die innere Antwort.

„Also gut, ich mache mit. Mein erster Wusch ist, dass ich so viel Geld habe, dass ich es mein Leben lang nicht ausgeben kann.“

„Okay, der nächste?“

„Hey, wo ist denn das Geld?“, wollte Andreas wissen.

„Deinen nächsten Wunsch, bitte.“

„Na gut. Ich wünsche mir, dass meine Eltern endlich aufhören, mich zu bevormunden. Sie sollen mir keine Verbote mehr erteilen und mich in Ruhe lassen“, sprach Andreas seinen zweiten Wunsch aus.

„Gut, und der letzte?“

„Mein letzter Wunsch wäre, dass mich die Leute kennen. Ich möchte berühmt sein und in den Zeitungen stehen. Ja, das wäre toll“, sprach er seinen letzten Wusch aus.

Kaum war das geschehen, verließ die innere Stimme seinen Körper durch seine Nase und erneut fuhr der Schmerz, den eingezogenes Salzwasser verursacht, in seinen Kopf. Er versuchte, mit dem Geist in Kontakt zu treten, aber es kam keine Antwort mehr. Reflexartig zog er sein Portemonnaie aus der Hosentasche und schaute rein. 20 Euro steckten drin. Die 20 Euro, die er heute Abend eigentlich auf dem Fest ausgeben wollte.

Andreas pflügte das Feld fertig und fuhr zurück zum Hof seiner Eltern. In der Scheune stellte er den Schlepper ab. Die Dämmerung war recht fortgeschritten als er von der Scheune zur Tenne ging. Er wollte nur duschen und ins Bett. Er hoffte, dass er seinen Eltern aus dem Weg gehen konnte. Er hatte keine Lust, sich weitere Standpauken anzuhören.

Der Bauernsohn öffnete das Tor zur Tenne und erschrak. Die Tenne war randvoll mit Paletten. Es waren bestimmt 60 bis 80 Paletten, die inmitten der Tenne standen. Andreas drehte das Licht an. Er konnte nicht glauben, was er sah. Auf den Paletten waren Goldbarren gestapelt. Hunderte, vielleicht sogar Tausende. Er nahm einen Barren in seine Hände und beäugte das gelblich glänzende

Metall. 1000g fine gold 999,9 war auf dem Barren eingeprägt. Eine Gänsehaut breitete sich rasch auf seinem Körper aus.

„Der Flaschengeist!“, schoss es ihm durch den Kopf. War an der Geschichte von eben doch was dran? Er kniff sich in seinen Arm und spürte einen leichten Schmerz. Andreas versuchte, im Ansatz auszurechnen, wie viel Geld das ganze Gold wohl wert sei, als ihn das Gebell seines Hundes unterbrach.

Andreas lief von außen in den Wohntrakt des Hofes. Er hastete die Treppe hinauf und rief nach seinem Hund. Dieser gab durch ein weiteres Bellen zu verstehen, dass er im Schlafzimmer seiner Eltern war. Andreas drückte die Tür zum Schlafzimmer auf und blieb abrupt stehen. Er sah seine Eltern auf dem Boden liegen. Beide waren blutüberströmt. Der Sohn eilte zu ihnen und kniete sich nieder. Tot, sie beide waren tot! Neben ihren Körpern lag etwas Blutverschmiertes. Andreas hob es auf und erkannte, dass es ein Goldbarren war. Er starrte ins Leere. Er konnte nicht realisieren, was hier gerade geschah.

Die Sirenen der Polizeiwagen nahm er nicht wahr. In der einen Hand hielt er den Barren, mit der anderen kraulte er seinen Hund, der schwanzwedelnd zwischen ihm und den Toten lag.

Die schweren Stiefel der Polizei polterten die Holztreppe in den ersten Stock des Hofes hinauf. Die bewaffneten Beamten schrien Andreas von hinten an.

„Polizei! Nehmen Sie die Hände hoch! Nehmen Sie sofort die Hände hoch!"

Doch Andreas starrte nur auf den Goldbarren. Zwei Männer packten ihn und drückten ihn zu Boden. Seine Arme wurden unsanft hinter seinen Rücken gedreht und mit Kabelbindern fixiert. Währenddessen lag er mit seiner Wange im Blut seiner Eltern. Unsanft wurde Andreas hochgerissen und zur Treppe gezerrt.

Unten angekommen wurde er in einen Polizeiwagen gesetzt. Ein Blitzlicht erhellte den Hof. Ein Polizist schrie „Keine Fotos! Keine Fotos, scheiß Bildreporter!"

Die Seitentür des Transporters wurde zugezogen. Mit dem Knall der Tür kam auch Andreas'

Bewusstsein wieder zurück. Er sah sich verstohlen um und schaute die Beamten an. Dann fing er an zu stammeln:

„Hören Sie? Das ist ein großes Missverständnis. Ich hatte drei Wünsche frei, verstehen Sie? Der Flaschengeist hatte es gesagt, ich hatte drei Wünsche frei und irgendwie lief alles schief. Ich wollte doch nur Geld, meine Ruhe und berühmt sein!“, schrie er in den Wagen hinein.

Die Polizisten sahen sich gegenseitig stumm an. Einer konnte sich ein Grinsen gerade noch verkneifen, während der Gefangene weiter vom Geist und seinen drei Wünschen erzählte.

Die alte Fabrik

Der Maybach rollte dumpf blubbernd in einer Seitenstraße in Horst aus. Die Lichter des Luxuswagens erloschen und Thomas Brammer stellte den Motor ab. Er griff nach dem Lederkoffer, der auf dem Beifahrersitz lag, und öffnete die Fahrertür. Die kalte Luft der jungen Herbstnacht schlug dem Bauunternehmer ins Gesicht. Mürrisch stapfte er durch die Dunkelheit der kleinen Elmshorner Nachbargemeinde. Gedämpftes Gelächter drang aus einem Restaurant in seine Ohren. Brammer nahm die Geräusche nur halb wahr. Seine Gedanken waren bei dem gleich folgenden Gespräch. Wenn es ihm heute nicht gelingen würde, diesen alten, sturen Sack zu überzeugen, dann wusste er nicht, was er noch machen sollte. Ein Nein gab es für Thomas nicht. Niemals! Und der alte Leeve wird ihm diesen Schnitt auch nicht versauen. Thomas´ Hand drückte den Griff des Lederkoffers so fest, dass die weißen Knöchel zum Vorschein kamen.

Der Geschäftsmann passierte den Eingangsbereich der alten Fabrik. Die Fassade war brüchig, einzelne Steine fehlten. Die letzten Instandsetzungsarbeiten waren Jahrzehnte her. Ein Teil der Fabrik wurde vom Ordnungsamt gesperrt. Das Betreten einiger Gebäude in dem Fabrikkomplex war lebensgefährlich. Thomas rümpfte die Nase. Wenn es nach ihm ginge, würde er den ganzen Mist zusammenschieben. Die Fabrik hatte keinen Wert; es war das Grundstück, auf das es der Unternehmer abgesehen hatte. Drei Hektar erstklassiges Bauland. Inmitten der Gemeinde. Sozusagen das Filetstück. Er musste es haben, er musste!

Erneut schloss sich seine Hand fester um den Koffergriff. Er atmete tief durch und versuchte, lockerer zu werden. Festen Schrittes ging Thomas auf das Kontor der alten Fabrik zu. Er erkannte einen schwachen Lichtschein, der aus dem brüchigen Gebäude drang. Dort angekommen, drückte Thomas Brammer die Klinke herunter und trat ein. Er nahm einen muffigen, fauligen Geruch wahr, den seine Gesichtszüge mit dem Ausdruck des Ekels quittierten.

„Gerhart? Bist du da?“, rief der Mann durch die

Anmeldung.

„Hier hinten!“, rief eine Stimme zurück.

Der Elmshorner Millionär folgte der Stimme. Er durchschritt das uralte Büro. Die Feuchtigkeit in den Wänden ließ die Büromöbel aufquellen. Das Furnier der Tische löste sich ab. Der Teppichboden schien aus den 1960er Jahren zu stammen und man konnte nicht mehr erkennen, welche Farbe er ursprünglich hatte. Als Thomas das Büro betrat, saß Gerhart Leeve in seinem Ledersessel und las die Zeitung. Der schwache Lichtkegel seiner grünen Schreibtischlampe ließ das Zimmer gespenstisch erscheinen. Auch an diesem Raum hatte der Zahn der Zeit mächtig genagt. An den Wänden bröckelte der Putz ab und gab die Sicht auf die Mauersteine frei. Auszeichnungen und Ehrungen stammten aus längst vergangenen Zeiten und hingen in kaputten Rahmen an der Wand. Die alten Büroschränke aus Eiche waren staubig und abgegriffen. Auf dem Schreibtisch des Fabrikbesitzers standen ein altes Telefon mit Wählscheibe und ein Computer aus den 1980er Jahren.

„Gerhart, mein Freund, ich sehe, dir geht es

prächtig", sagte der Elmshorner jovial.

„Was willst du?"

„Ich will, dass du mein letztes Angebot vergisst und dir den Inhalt dieses Koffers einmal genauer ansiehst."

Mit diesen Worten legte Thomas Brammer den Lederkoffer auf den Schreibtisch, löste die beiden Verschlüsse und schob den offenen Koffer in Leeves Richtung.

„Nein", sagte der alte Mann harsch und würdigte dem Inhalt keines Blickes.

„Gerhart, in diesem Koffer sind zwei Millionen Euro. Zwei Millionen! Dafür bekomme ich weitaus bessere Objekte als dieses hier", zischte Thomas sein Gegenüber an und bemühte sich, die Fassung zu wahren.

„Ich sagte nein! Ich will dein Geld nicht!"

Der Bauunternehmer wurde rot im Gesicht. Er atmete tief durch und versuchte es erneut.

„Okay! Okay, okay, ich verstehe. Also gut, ich lege noch ..."

„... und wenn du mir dein ganzes beschissenes Geld schenken würdest; meine Fabrik bekommst du nicht!“, fuhr ihm Leeve, der noch immer seine Zeitung las und dem Bauunternehmer keines Blickes würdigte, ins Wort.

Thomas Brammer sah rot.

„Du arrogantes Arschloch! Was denkst du, wer du bist? Ich bin Thomas Brammer und ich weiß, dass ich für Geld alles bekomme! Alles! Verstehst du?“, fing Brammer an zu schreien.

„Das mag sein, aber nicht diese Fabrik! War es das jetzt? Den Sportteil möchte ich in Ruhe lesen“, antwortete Leeve ohne aufzusehen.

Brammer riss den Koffer an sich, verschloss ihn und machte sich auf den Weg nach draußen. Auf halber Strecke machte er Halt und drehte sich um.

„Das war ein großer Fehler, Gerhart“, zischte der Unternehmer in Leeves Richtung und ging.

Auf dem Rückweg zum Wagen redete sich Thomas innerlich weiter in Rage. Er war Misserfolge nicht gewohnt. Als sein Vater starb und er das damals schon große Unternehmen erbte, hatte er mehr Geld als er je hätte ausgeben können. Im Laufe seiner beruflichen Karriere lernte er die Macht des Geldes kennen und einzusetzen. „Menschen machen für Geld alles. Sie lügen und betrügen und sie morden für Geld", wusste er.

„Ich bekomme schon noch deine Scheißfabrik", murmelte er beim Einsteigen in seinen Wagen und seine verbitterten Gesichtszüge veränderten sich zu einer diabolisch grinsenden Fratze.

Drei Nächte später

Gerhart Leeve schlief unruhig in seinem Bürosessel. Er träumte wirr. Er träumte, dass seine Fabrik brannte und er konnte nichts dagegen machen. Der dicke Qualm brachte ihn zum Husten. Er keuchte und hielt sich ein Handtuch vor seinen Mund. Die Hitze wurde immer unerträglicher. Und dieser beißende Qualm. Wieder musste er husten und konnte gar nicht wieder aufhören. Er wachte auf und erkannte, dass es kein Traum war, sondern Wirklichkeit!

Sein Büro war bis unter die Decke voll mit beißendem Qualm. „Es brennt", schoss es ihm durch den Kopf. Leeve stand auf. Ihm war schwindelig. Er torkelte zur Bürotür und drückte die Klinke nach unten. Aber sie ließ sich nur einen kleinen Spalt öffnen. Der schwere Schreibtisch aus dem Nebenzimmer versperrte ihm den Fluchtweg!

Panik stieg in dem Mann auf, während ununterbrochen dichter Qualm in sein Büro strömte. Gerhart Leeve ging zu Boden. Er kniete sich hin und versuchte, robbend zum Fenster zu gelangen. Ein heller Schein leuchtete plötzlich über ihm auf. Er schaute zur Decke und sah, dass sich der giftige Qualm entzündete. Im Nu stand die Holzdecke, die seit 60 Jahren sein Büro zierte, in Flammen.

Die Hitze versengte seine Haare. Seine Haut spannte sich und wurde rot. Blasen traten hervor und platzten. Mit dem nächsten Atemzug kippte der alte Geschäftsmann nach vorne über. Sein Anzug schwelte stark und seine Finger verkrampften sich. Letzteres bekam Gerhart Leeve nicht mehr mit. Die 800° Celsius, die mittlerweile in dem Büro herrschten, verkohlten zuerst seine Kleidung, dann seine Haut. Nach einigen Minuten war von dem Geschäftsmann nichts mehr zu sehen als ein in sich gekrümmtes schwarzes Gebilde.

12 Tage später

Der Bote klingelte genervt und hielt das Kuvert zur Unterschrift bereit.

„Einschreiben für Herrn Brammer!“, schrie der Zusteller, während er erneut die Klingel betätigte.

Die Tür wurde so ruckartig und plötzlich aufgerissen, dass der Postbote erschrak.

„Was?“, grummelte der Bauunternehmer grimmig.

„Ein Einschreiben für Sie“, erwiderte der leicht verstörte Bote.

Brammer nahm den Brief entgegen, quittierte den Empfang und warf die Tür ins Schloss, dass es laut krachte. Auf dem Weg zurück in sein Büro öffnete er den Brief, der vom Amtsgericht aufgesetzt war. Wieder eine dieser lästigen Beschwerden von einem seiner unzähligen und bald nicht mehr zu ertragenden Mietern.

„Man sollte diesem Gewürm das Recht auf alles entziehen“, dachte Thomas gehässig, während er den Brief aufklappte. Beim Überfliegen des Textes ordneten sich seine Gedanken wieder. Der Betreff ließ den Geschäftsmann aufhorchen. „Testament und letzter Wille“ stand dort in fetter Schrift geschrieben. Er, Thomas Brammer, sei alleiniger Erbe des Fabrikkomplexes in Horst. Der Geschäftsmann schaute aus dem Fenster und dachte nach.

„Hätte ich das gewusst, hätte ich ihn schon viel früher umbringen lassen!“ Brammer notierte den im Brief vorgegebenen Notartermin und grinste zufrieden.

Sieben Tage später

Mit einem Aktenkoffer aus Kalbsleder bewaffnet, schritt der Bauunternehmer die kunstvoll verzierte Holztreppe in den ersten Stock der Altbauvilla. Hier wohnte und arbeitete der Notar Dieter Findeisen. Thomas Brammer kannte den Elmshorner Notar gut - zu gut. Er wusste, dass er zu ehrlich war. Mit solchen Menschen konnte er nichts anfangen. Er brauchte Personal, das zu ihm stand und nach seinen Wünschen agierte. Ohne zu klopfen betrat er das Büro und schritt schnurstracks auf das Zimmer des Notars zu.

„Entschuldigen Sie bitte!“, ertönte die Stimme

der Vorzimmerdame, doch Brammer ließ sich nicht aufhalten. Er riss die Tür auf und stolzierte in das Büro des Notars.

„Hallo Dieter. Ich habe nicht viel Zeit. Zeig mir die Urkunden, die ich unterschreiben soll und dann muss ich auch schon wieder weiter", grinste Thomas Brammer süffisant.

„Guten Morgen Thomas. Schön, dich mal wieder zu sehen. Wie geht es dir und deiner ..."

„Erspare mir das Geschwafel. Zeig mir die Urkunden! Ich habe keine Zeit für das Gesülze."

Dieter Findeisen blieb nüchtern. Er kannte die Überheblichkeit seines Gegenübers persönlich und ihm kam zudem zu viel Unerfreuliches über den Unternehmer zu Ohren. Meistens war es Unerfreuliches. Er lehnte sich in seinen schweren Ledersessel zurück und griff den Knauf der rechten Schreibtischschublade, öffnete sie und fingerte eine Dokumentenmappe heraus. Diese legte er auf den Tisch und öffnete sie.

„So ... hier. Hier ist das Testament von Gerhart Leeve und dort der Passus, dass Du die Fabrik mit allem Drum und Dran erbst. Dann brauche ich hier gleich deine Unterschrift und zuvor noch das Gegenstück zu diesem 100-Euro-Schein."

Thomas stutzte. Er sah auf die Hand des Notars, die einen im Zick-zack-Kurs geteilten halben 100-Euro-Schein hielt.

„Welchen 100-Euro-Schein?", fragte Brammer leicht verunsichert.

„Na das Gegenstück zu dem, welches ich in der Hand halte. Der Verstorbene teilte mit, dass du nur mit dem Gegenstück des Scheins auch das Recht auf das Erbe hast."

„Papperlapapp. So ein Blödsinn! Wo muss ich unterschreiben?"

„Gar nicht, wenn du mir nicht das Gegenstück gibst."

„Lass mich mit deinen Spielchen in Frieden und ...".

„Nein, Thomas, dieses Mal geht es nicht so, wie du es möchtest. Das hier ist der letzte Wille des Verstorbenen. Er ist rechtskräftig und wenn du diesen Schein nicht hast, dann bekommst du auch nichts", bohrten sich die Worte des Notars ins Gehirn des Unternehmers.

„Das werden wir sehen. Ich fechte das Testament an. Ich werde meine Anwälte die Sache erledigen lassen. Guten Tag!“, zischte Brammer zurück und wollte das Büro wieder verlassen.

„Du kannst es gerne versuchen, aber dann sei schnell“, erwiderte Findeisen und er musste sich ein leichtes Grinsen verkneifen.

„Warum?“

„Weil die Witwe des Verstorbenen über diesen Passus im Testament sagen wir, not amused ist und ebenfalls ihre Anwälte einschalten wird. Die kleine Fußnote im Testament hat sie dazu beflügelt.“

„Welche Fußnote?“, fragte Brammer energisch nach.

„Warte ... hier ist sie. Ich lese sie vor. Sollte Thomas Brammer das Gegenstück zu meinem 100-Euro-Schein nicht binnen einer Woche nachweisen können, so wird die Fabrik und der Boden, auf dem sie steht, an die Stiftung BauKultur Schleswig-Holstein überschrieben.“

Brammer schäumte vor Wut. Er kannte diese Stiftung nur zu gut, die von Spinnern und Ewiggestrigen geleitet wurde. Seit Jahren legten sie ihm immer wieder Steine in den Weg. Thomas Brammer begriff, dass der alte Sack ihn vorgeführt hatte.

„Leeve, du alter Scheißkerl!“, zischte er, drehte sich um und verließ grußlos das Büro.

Wutschnaubend ging er zu seinem Wagen, den er in einer Halteverbotszone geparkt hatte. Er sah einen Zettel an der Windschutzscheibe kleben. Zornig riss er den Zettel unter dem Scheibenwischer hervor und wollte ihn gerade zerreißen als er erkannte, dass er gar kein Strafmandat war. Der Zettel war einmal in der Mitte gefaltet. Er klappte ihn auf und las folgenden Satz: „Du suchst das fehlende Stück Papier? Dann sei in der Fabrik, morgens um vier.“

Brammer klappte den Zettel wieder zusammen und drehte sich nach allen Seiten um. Er musterte alle Personen in seiner Nähe. Viel war an diesem Morgen nicht los in der Stadt. Er erkannte nichts Außergewöhnliches. Gedankenversunken stieg er in seinen Wagen. Von wem kam dieser Brief? Wer wusste um den 100-Euro-Schein? Wer spielte ihm einen Streich? Er hasste es, wenn er nur Fragen und keine Antworten hatte.

Die Nacht verlief unruhig für Brammer. Er drehte sich rastlos in seinem Bett hin und her. An Schlaf war nicht zu denken. Ein Blick auf seine Rolex verriet ihm, dass es kurz vor drei Uhr nachts war. Er schlug die Decke von sich und setzte sich auf die Bettkante. Es ärgerte ihn, dass er sich allen Ernstes überlegte, in die Fabrik zu fahren. Aber was, wenn er dort das Gegenstück zum Schein finden würde? Dieses Wenn und Aber machte ihn ganz irre. Er war ein Mann der Taten und so musste er dort hin.

Kurz vor vier Uhr rollte der schwere Maybach über die lange Fabrikauffahrt. Thomas Brammer fuhr bis zur großen Werkshalle. Sie hatte vom Feuer der letzten Tage keinen Schaden genommen. Brammer stieg aus und schloss seinen Wagen ab. Er glitt mit seiner Hand in den Mantel und ertastete das Pfefferspray, das er stets bei sich trug.

Nachdem er die alte Holztür geöffnet hatte, betrat er die große Halle. Es war stockdunkel und der Elmshorner konnte nicht die eigene Hand vor Augen sehen.

„Hallo!?“, flüsterte er etwas lauter in das Innere

der Halle. Im selben Augenblick ärgerte er sich über sich selbst und rief gleich darauf mit festerer Stimme „Hallo? Ist hier jemand?“ Nichts. Angestrengt lauschte Brammer ins Dunkel der Halle, aber er konnte nichts hören. Doch plötzlich ... da, da war was. Ein Knacken?

„Hallo?“, rief Brammer erneut und sein Griff um das Abwehrspray wurde stärker. Er lauschte. War das ein Schlurfen über ihm? Brammer sah nach oben. Leichter Staub setzte sich auf seinem Gesicht ab. Ein Beweis dafür, dass da jemand war! Der Unternehmer schlich vorsichtig an der Wand entlang und stieß nach ein paar kurzen Schritten gegen einen großen Behälter, den er tastend umschritt.

Auf der anderen Seite bemerkte er eine Treppe, die nach oben führte. Er nahm sein Smartphone aus seiner Manteltasche und schaltete die Taschenlampe an. Brammer leuchtete nach oben, konnte aber nichts sehen. Dann hielt er den Lichtstrahl ins Innere der Halle, doch auch hier war nichts.

Erneut vernahm er ein leises Geräusch aus der oberen Etage. Thomas Brammer stieg die Treppe hoch. Dieses Mal festeren Schrittes. Oben angekommen leuchtete er die Etage aus als plötzlich eine Katze an ihm vorbeilief. Der Lichtkegel des Telefons ließ einen riesigen Schatten des Tieres entstehen und Thomas Brammer erschrak fast zu Tode. Sein Handy fiel dumpf krachend auf den staubigen Boden und das Licht erlosch.

„Scheiße“, quetschte er zwischen seine Lippen hervor. Thomas bückte sich und hob das Telefon auf. Es gelang ihm, das Licht wieder einzuschalten. Der Strahl fiel auf seine Schuhe. Er lenkte das Licht wieder in die Räumlichkeit als er erneut einen Schreck bekam, der ihn nach hinten taumeln ließ. Direkt vor ihm erkannte er im fahlen Licht seiner Handytaschenlampe das weiße, alte und eingefallene Gesicht von Gerhart Leeve.

Thomas Brammer wurde aschfahl und taumelte noch immer nach hinten. Das Blut schoss ihm durch die Ohren, seine Sinne spielten verrückt. Seine Rückwärtsbewegung wurde durch ein Geländer beendet, an das er sich nun drückte - leider viel zu stark, denn der wurmstichige Handlauf gab dem Druck des 80-Kilo-Mannes mit einem trockenen Knacken nach. Brammer kippte nach hinten über.

Sein Körper drehte sich im Fall um die eigene Achse. Brammers Gedanken rasten, während seine Arme nach Halt suchten. Jedoch griffen sie wild rudernd immer wieder ins Leere.

Anstatt am Boden aufzuschlagen, tauchte sein Körper plötzlich in einen im Erdgeschoss stehenden Behälter ein. Sein jäher Fall wurde durch die darin enthaltene Flüssigkeit abgebremst, doch konnte sie die Bodenberührung seines Kopfes nicht verhindern.

Brammer öffnete seine Augen, konnte aber nur Schwarz sehen. Sofort stieß er sich vom Boden des Behälters ab und schoss mit seinem Oberkörper aus der Flüssigkeit heraus. Er hielt sich mit beiden Armen am Rand des Behälters benommen fest. Zuerst bemerkte er die Hitze gar nicht. Auch die Rauchschwaden, die er selbst verursachte, nahm er in den wenigen Sekunden nach dem Fall nicht wahr. Erst, als sein Mantel und seine Haare Feuer fingen, erkannte er die tödliche Situation, in der er steckte.

Panisch versuchte er, seinen Mantel auszuziehen, doch dabei tauchte er erneut mit seinem Körper unter. Überall um ihn herum brodelte, zischte und rauchte es. Brammer wollte schreien, doch die Säure, die er bereits geschluckt hatte, löste seine Stimmbänder auf. Aus seinem Schrei wurde ein grässliches Gurgeln, das durch die dunkle Halle hallte.

Brammer konnte nichts mehr sehen. Seine Augen lösten sich einfach auf. So konnte der Millionär nicht sehen, wie die Chemikalie das Fleisch von seinem Körper fraß, aber er konnte es fühlen. Verzweifelt wollte er aus dem Behälter klettern, doch die Haut, das Fleisch und die Muskeln seiner Arme flossen wie heißes Wachs von seinen Knochen. Seine Haare waren weggeätzt und die Kopfhaut floss zäh in den dampfenden Brei, zu dem der Bauunternehmer nach knapp vier Minuten geworden war.

An der Stelle, an der Brammer durchs Geländer gebrochen war, schwebte über dem Säurebehälter ein zackig geschnittener Geldschein. Er schien wie von Geisterhand gehalten zu werden. Langsam schwebte er nach unten und zog dabei seine Bahnen, bis er auf der Flüssigkeit des Tanks landete und nach wenigen Sekunden Feuer fing.

Einen Tag später

„Horst. Einen grausigen Fund machte die Horster Polizei auf dem Gelände einer alten Fabrik. Dort ist vermutlich eine Person in einen Säurebehälter gefallen und dabei gestorben. Überreste konnten nicht geborgen werden, jedoch wird vermutet, dass der Elmshorner Bauunternehmer Thomas Brammer der Verunglückte ist. Brammers Wagen wurde auf dem Fabrikgelände gefunden. Vom Fahrer fehlt bisher jede Spur. Forensiker aus Kiel haben die Überreste einer Luxusuhr in dem Behälter gefunden. Diese wird nach Angaben der Polizei untersucht. Ersten Ermittlungen zufolge kann ein Erbstreit um die alte Fabrik nicht ausgeschlossen werden. Die Polizei ermittelt in alle Richtungen. - Bei uns geht es nun weiter mit Musik. Unsere aktuellen Nachrichten hören Sie hier immer um Halb und Voll - natürlich bei ihrem Radio Moin ...“

Der Tauchgang

Das Kajütboot schaukelte am Steg des kleinen Yachthafens seicht im Takt der Wellen. Der Mann an Deck nahm die leichten Bewegungen nicht wahr. Er dachte nach. Ging alles in Gedanken noch einmal durch. Es könnte klappen. Nein, es wird klappen!

Ein Motorengeräusch unterbrach seine Gedanken. Der schwarze SUV parkte direkt an der Hafenkante und eine sportliche Frau Ende 50 stieg aus dem Wagen.

„Dominik, ich weiß, ich hatte es dir versprochen, obwohl ich heute eigentlich gar keine Zeit dafür habe“, sagte die adrett gekleidete Frau, die lässig auf das Boot sprang.

„Ich weiß. Wann hast du die jemals für mich?“, klagte der junge Mann die Frau vorwurfsvoll an.

„Dominik. Wir haben es doch schon so oft miteinander besprochen. Mein Job fordert mich stark. Dafür geht es uns doch aber gut“.

„Mutter, ich will nicht das Geld, ich will Zeit mit dir“, entgegnete Dominik seiner Mutter und dachte bei sich, dass er echt gut sei.

„Ich weiß, ich weiß, deswegen bin ich doch auch hier. Komm, lass uns starten und ein wenig Spaß haben."

Dominik nickte stumm und reichte seiner Mutter die Tauchausrüstung. Sie legte die Weste gekonnt an und checkte den Lungenautomaten. Ihr Sohn beobachtete sie unauffällig, während er ebenfalls seine Ausrüstung anlegte.

„Oha, die Weste ist dieses Mal aber schwerer als sonst", stellte die Frau fest.

„Stimmt, ich habe mehr Blei reingelegt. Dieses Mal möchte ich mit dir den Grund der Elbe betauchen", sagte Dominik.

„Na gut. Bei mir ist alles klar. Flasche ist voll? Ich bin bereit. Du auch?"

„Ja."

„Dann los."

Die Frau stieg achtern über Bord. Die ins Wasser hängende Metallleiter leistete ihr bequeme Dienste. Sie stieß sich von der letzten Sprosse nach hinten ab und glitt so in die Elbe. Sie musste schnell den Lungenautomaten in den Mund nehmen, da das

Gewicht der Weste sie nach unten zog. Kurz nachdem sie im Wasser war, folgte Dominik.

Er war nervös, konnte es aber geschickt verbergen. Bevor er ebenfalls abtauchte, sah er sich noch einmal um. Um diese Zeit war hier in der kleinen Gemeinde Kollmar nicht so viel los. Der Hafen lag verschlafen da. Nur vereinzelt erkannte er einen Fahrradfahrer oder einen Spaziergänger, der seinen Hund ausführte. Er steckte den Automaten in seinen Mund und verschwand ebenfalls im dunklen Nass.

Erwartungsgemäß konnte man nicht viel sehen. Verschwommen nahm Dominik die gelben Flossen seiner Mutter wahr. Er selbst tauchte nun schneller, schloss auf und überholte seine Mutter. Beide geben sich das Zeichen, dass alles in Ordnung sei.

„Noch ja“, grinste der Sohn innerlich.

Dominik schlug immer kräftiger mit seinen Beinen zu, und sah dabei immer wieder auf seine Taucheruhr.

Noch fünf Minuten.

Er hörte nicht auf, schnell und kraftvoll zu tauchen. Er wollte nicht dabei sein, wenn es passierte.

Noch drei Minuten.

Dominiks Beine fingen an zu schmerzen, doch er hörte nicht auf. Er paddelte mit seinen Beinen immer kraftvoller, während er seine Arme eng an seinen Körper legte, um den Widerstand zu minimieren.

Noch zwei Minuten.

Dominik spürte die Anstrengung, doch es würde sich für ihn lohnen. Er würde alles bekommen. Alles! Und sein Plan war perfekt. Keiner würde ihm auf die Schliche kommen. Die Anzeige der Flasche war defekt. Ein Unfall. Ja, es war ein schrecklicher Unfall!

Dominik sah erneut auf seine Uhr. Wenn alles geklappt hat, dann hatte seine Mutter nun schon seit einer Minute keine Atemluft mehr. Er wartete noch, hörte aber auf, schnell zu tauchen. Er ließ sich treiben. Genoss ein wenig die seichte Strömung. Der Tidenwechsel stand kurz bevor.

Drei weitere Minuten vergingen. Nun sollte sie tot sein. Sie hatte seit über vier Minuten keine Atemluft mehr und die Weste war zu schwer für sie. Sie würde versuchen, die Weste auszuziehen - vergebens.

Auch den Verschluss hatte Dominik manipuliert. Sie würde wie ein nasser Stein auf dem Grunde der Elbe verrecken.

Dominik grinste. Er machte sich fertig zum Auftauchen und ließ Luft in seine Weste. Der Auftrieb setzte ein. Dominik schwebte an die Wasseroberfläche, während seine Mutter auf dem Grund der gut 15 Meter tiefen Elbe lag.

Die frische Luft empfing Dominik an der Oberfläche. Er nahm den Lungenautomaten aus dem Mund und atmete tief ein. Die Sonne ließ glitzernde Funken auf dem Wasser entstehen. Dominik spähte in die Richtung, aus der er kam. Er kniff die Augen zusammen. Da bewegte sich doch etwas auf der Wasseroberfläche?

Es war ... es war seine Mutter! Wie hatte sie es geschafft, aus der Weste zu kommen und wieso fuchtelte sie so stark mit ihren Armen? Sie schrie laut! Er konnte aber nicht hören, was es war. Es klang hysterisch. Scheiße, er hatte seine Mutter als erfahrene Taucherin vollkommen unterschätzt! Was sollte er jetzt machen? Eine seichte Windböe ließ einen Wortfetzen in Dominiks Ohr dringen.

„Vorsicht!“

Vorsicht? Wovor? Dominik meinte zu erkennen, dass seine Mutter immer stärker mit ihren Armen herumfuchtelte. Sie deute mit ihrem Finger auf etwas.

Sie zeigte auf ihn!

„Sie hat meinen Plan erkannt“, dachte Dominik und wurde hektisch. Er musste zu ihr. Er musste zu ihr schwimmen, sie umbringen. Hier auf der Elbe gab es keine Zeugen. Sein ursprünglicher Plan hatte nicht geklappt, aber nun durfte er nicht aufgeben. Zu viel stand für ihn auf dem Spiel.

Dominik ertastete kurz sein Tauchermesser und wollte sich wieder die Taucherbrille aufsetzen und das Atemgerät in den Mund nehmen, als er erneut einen Wortfetzen verstand.

„... hinter dir ...“

Dominik dreht sich um, als ihn zeitgleich eine riesengroße Bugwelle erfasste. Sie stieß ihn zunächst nach vorne weg, doch der Stahlbug packte ihn im gleichen Atemzug und drückte ihn unter Wasser.

Dominiks Körper wirbelte durch das schmutzige Wasser und wurde dabei immer tiefer nach unten gedrückt. Er wirbelte im Sog des Wassers mit seinen Armen wild umher.

Der mit Muscheln besetzte Stahlbauch des Frachters drückte Dominik immer tiefer. Die messerscharfen Gebilde aus Kalk schlitzen tief und an unzähligen Stellen seinen Neoprenanzug auf. Blut floss überall aus seinem Körper und vermengte sich mit dem kalten Elbwasser. Er bekam keine Luft mehr und versuchte, den Atemreflex zu unterdrücken. Doch der nasse Strudel drückte ihn fest und erbarmungslos mit seinem Kinn gegen den scharfen Kiel des Schiffes. Sein Unterkiefer wurde einfach weggeraspelt. Tief atmete Dominik ein und im Nu waren die Lungen des Tauchers mit der kalten Flüssigkeit gefüllt. Sein Körper zuckte. Er wehrte sich gegen das eindringende Nass – vergebens. Dominik verlor das Bewusstsein, während sein Körper weiter von den Muscheln aufgerissen wurde.

Das Letzte, was er noch wie durch ein Meer von Watte wahrnahm, war das immer näherkommende dunkle und tiefe Grollen der Schiffsschrauben.

Der Bauwagen

Sie schlichen durchs Dickicht. Paul erinnerte sie immer wieder daran, leise zu sein. Seine Aufforderung hielt nicht lange an. Immer wieder knackten vertrocknete Äste unter den Füßen der Kinder.

„Pssst, man!“, zischte Paul seinen Freunden erneut zu.

„Mensch Paul, hier sind überall trockene Äste und außerdem ist hier doch keiner!“, gab Max mutig zurück und der dritte im Bunde, Jan, nickte stumm.

„Ihr habt keine Ahnung. Der Feind hört immer mit!“, ermahnte Paul seine Freunde zur Stille.

„Und außerdem“, fuhr er fort, „ist das, was ich euch gleich zeige, eine Sensation!“

„Na gut, aber wie lange dauert es denn noch?“, fragte Jan, der mit 8 Jahren der Jüngste im Bunde war.

„Ist gleich da vorne“, entgegnete Paul, der schon 12 Jahre alt war.

„Neugierig bin ich ja“, gab Max zu.

„Das könnt ihr auch gerne. Ohne Scheiß, ihr

werdet Augen machen. Aber bitte schön leise!“

Zu dritt schlugen sie sich weiter durch das Dickicht des Horster Moores, das seit über vier Jahrzehnten sich selbst überlassen wurde. In den 1980er Jahren sorgte das Moor für Schlagzeilen. Ein Einsiedler lebte hier und der Platz sollte von der Polizei geräumt werden. Die Räumung wurde verhindert, und der Einsiedler durfte bis zu seinem Tod weiter im Moor hausen.

„Hier soll doch der alte Grassmé gelebt haben, oder?“, fragte Max, der die unheimliche Stille unterbrach.

„Ja, der verrückte schwule Grassmé“, meinte Paul.

„Schwul?“, fragte Jan.

„Ja, schwul! Wenn Männer sich lieben nennt man die so“, gab Paul zurück.

„Ich weiß was schwul ist“, erwiderte Jan.

„So, da vorne ist es. Gleich werdet ihr staunen!“, freute sich Paul, der schnurstracks auf eine große Birke zueilte. Dort angekommen ging er auf die Knie und fing an zu buddeln. Jan und Max sahen sich an und wussten nicht, was sie machen sollten.

„Brauchst du Hilfe?“, fragte Jan.

„Nein, ich hab´ sie gleich!“, antwortete Paul, der immer hektischer buddelte und mit einem „So!“, das Buddeln beendete und eine dreckverschmierte Metallbox aus dem Boden zog.

„Ist das ein Schatz?“, wollte Jan wissen.

„Viel besser!“, versprach Paul, der die Dose vor sich ablegte und seine Freunde grinsend anschaute.

„Los, mach auf!“, sagte Max, der wie Jan zum Zerreißen gespannt war.

„Bevor ich die Dose aufmache müsst ihr mir schwören, dass ihr keinem, ich wiederhole, KEINEM sagt, was ihr hier gesehen habt. Verstanden?“

Max und Jan nickten.

„Ich will es von euch hören!“, befahl Paul.

„Ja, ich schwöre“, sagten Jan und Max im Duett.

„Okay, dann passt jetzt gut auf.“

Paul legte seine Finger der rechten Hand an den Teil des Deckels, der über die Dose gestülpt war. Mit seinen Fingernägeln ertastete er den Rand und zog ihn zu sich. Der Deckel gab nach. Paul drehte die Dose um und legte seine Finger erneut an. Nun sprang der Deckel auf. Paul legte ihn beiseite. Der Inhalt war in einem Handtuch eingewickelt. Paul nahm den Gegenstand, der die Größe eines Tischtennisschlägers hatte, heraus. Vorsichtig entwickelte er ihn.

Die Münder und Augen von Max und Jan standen weit offen. Sie mochten weder schlucken noch blinzeln, weil sie Angst hatten, den Augenblick zu verpassen, als der Gegenstand freigelegt war. Eine letzte Entwicklung von Paul und der Gegenstand war nun für alle sichtbar.

„Boah, ist die echt?“, platzte Jan vor Neugier.

„Was denkst du denn? Natürlich ist die echt!“

„Geht die auch noch?“, fragte Max.

„Willst sehen?“

„Klar!“

„Okay. Sagt mir, was ich treffen soll!“, befahl Paul seinen Freunden.

Beide sahen sich im Moor um.

„Da, den dicken Zunderepilz am Baum. Wenn du den triffst, bist du echt gut!“

„Okay, ist aber ganz schön weit weg“, gab Paul zurück und schaute auf die alte Pistole in seiner Hand. Er hob sie hoch und zielte auf den Pilz am Baum, der gute 20 Meter weit entfernt war.

Jan hielt sich mit beiden Händen die Ohren zu.

„Hast Schiss?“, frotzelte Max.

„Nein, aber was passiert, wenn wir taub werden?“, meinte Jan.

„Ruhig! Ich muss mich konzentrieren!“, befahl Paul und seine beiden Freunde waren sofort still.

Paul spannte den Hahn, der mit einem „Klack“ einrastete. Sein leicht zitternder Finger legte sich vorsichtig auf den Abzug. Seine Freunde, die neben ihm standen, starrten gebannt auf das, was nun folgen würde. Paul kniff ein Auge zu und visierte den Pilz an. Sein Finger, der am Abzug lag, krümmte sich leicht und mit einem ungeheuer lauten „Bäng“ löste sich ein Schuss aus der alten Pistole. Fast zeitgleich schlug das Projektil im Baum ein und der Baumpilz zerplatzte zu Staub. Ebenfalls zeitgleich fing Max an zu schreien und hielt sich den Nacken. Jan bekam Angst und sah erst zu Max, dann zu Paul und dann wieder zu Max, der noch immer laut schrie.

„Was ist los?“, schrie Paul in Max´s Richtung.

„Aargh, aua, ich bin getroffen, ich bin getroffen!“, winselte Max und ging zu Boden.

Paul eilte zu ihm, griff in Max´s Nacken, tastete ihn kurz mit seiner Hand ab und hielt wenig später die noch warme und leere Patronenhülse in die Höhe.

„Getroffen. Dass ich nicht lache“, sagte Paul genervt.

Jan fing an zu lachen und Max haute ihm auf die Schulter.

„Hör auf zu lachen!“, fuhr Max ihn an.

„Aua!“

„Na, habe ich euch zu viel versprochen?“, gab Paul an.

„Nein. Die ist echt cool. Was ist das für eine Pistole?“, wollte Jan wissen.

„Das ist die Pistole von meinem Opa. Der war im Krieg. Und mein Vater sagt, dass Opa damit die Feiglinge gejagt hat. Auch dieser Grassmé war ein Feigling und mein Opa hat dem in die Eier geschossen.“

„Was? Wieso denn das? War dein Opa ein Mörder?“, fragte Jan.

„Quatsch. Mein Opa war ein Held. Er hat Juden und Feiglinge erschossen, sagt mein Vater.“

„Was sind denn Juden?“, frage Jan erneut.

„Weiß ich nicht, aber die musste mein Opa umbringen!“

„Und wieso Grassmé?“, wollte Max wissen.

„Weil der doof im Kopf war, meint mein Vater und dass solche keine Kinder haben dürfen.“

„Und wie kommst du an die Pistole?“, fragte Jan.

„Mein Vater hat sie auf dem Dachboden versteckt“, sagte Paul, der die Pistole voller Stolz in seiner Hand wiegte.

„Darf ich auch mal?“, fragte Jan.

„Niemals! Für Kinder ist das nichts!“, rief Paul zurück.

„Ich bin kein Kind mehr!“

„Und ich? Darf ich?“, fragte Max.

„Keiner von euch!“

„Dann gehen wir. Komm Jan“, sagte Max und Paul lenkte ein.

„Wartet! Okay, ihr dürft beide. Aber dann dürft

ihr auch nichts sagen. Sonst kommen wir alle ins Gefängnis!“

„Machen wir nicht. Versprochen!“

„Meine Mutter sagte mal, dass ihr der Grassmé richtig leid tat“, merkte Jan schüchtern an.

„So ein Quatsch. Der hat kleine Kinder umgebracht und in einem Bauwagen gelebt. Wie die Zigeuner, meint meine Mutter und würde der Grassmé noch leben, er würde auch uns umbringen, glaubt mir! Der war gefährlich und brutal! Mein Vater sagt, dass mein Opa mal gesehen hat, wie der einem Jungen den Kopf abgeschlagen hat und sein Blut getrunken hat“, erzählte Paul und seine beiden Freunde schauten sich verängstigt im Moor um.

„Solche Menschen müssen sterben. Solche Menschen haben kein Recht zu leben. Sie schaden uns und unserer Gesellschaft. Wir müssen sie wegschaffen oder umbringen, sagt mein Vater immer“, erklärte Paul.

„Dein Vater ist echt krass!“, betonte Max.

„Meine Eltern sagen immer, das Gesocks muss hier raus. Ich finde, dass sie Recht haben.“

„Ich weiß nicht“, meinte Jan nachdenklich.

„Was weißt du nicht? Wenn der noch leben würde und dich mit dem Messer aufschlitzen würde, was weißt du dann nicht?“ rief Paul etwas lauter in Jans Richtung.

„Los, lass uns schießen!“, beruhigte Max die Szene.

„Okay, aber nicht hier. Lasst uns weiter ins Moor“, sagte Paul.

„Ich weiß nicht. Etwas weiter wohnte doch Grassmé“, warf Jan ein.

„Egal. Wer keine Angst hat, kommt mit!“

Alle drei schlichen weiter durchs Moor. Paul war an der Spitze, Jan in der Mitte und Max war die Nachhut. Es fing an zu dämmern und insgeheim fing auch Paul an, Angst zu bekommen. Er zeigte es jedoch nicht. Sie gingen noch ein Stück durch das Moor als plötzlich Max sagte:

„Seht euch das an! Der Bauwagen!“

„Wo?“, fragten Jan und Paul zeitgleich.

„Na da“, sagte Max und zeigte mit dem Finger in die Richtung.

„Ist das der Bauwagen von Grassmé?“, fragte Jan

ängstlich.

„Ja!“, sagte Max sicher. „Das Ortsarchiv hatte mal eine Ausstellung über den gemacht und daher kenne ich den Bauwagen genau“, meinte Max in die Runde.

„Kommt, wir gehen weiter ran!“, sagte Paul und er ging weiter und hielt die Pistole schussbereit vor sich.

„Lebt der denn noch?“, flüsterte Jan ängstlich.

„Quatsch. Ich sagte doch, mein Opa hat den erschossen!“

„Also meine Mutter sagte, dass er ganz normal hier im Moor gestorben ist“, stellte Max fest.

„So, so, Deine Mutter weiß ja auch ...“, Paul hörte abrupt auf zu reden und blickte auf den Bauwagen, dem sie sich nun auf gute zehn Meter genähert hatten. Die Tür des Wagens wurde von innen aufgemacht und heraus trat ein alter Mann in einem alten grauen Anzug. Die Hose war löchrig und er hatte keine Schuhe an. Nur dreckige Socken und seine Zehen waren zu sehen, so löchrig waren sie. Seine Haare waren grau, lang und ungepflegt und mit seiner spitzen Hakennase roch er tief ins Moor.

Plötzlich drehte er seinen Kopf und sah genau auf die drei Jungen, denen das Blut in den Adlern gefror. Der Alte sprang aus dem morschen Wagen und eilte auf die Jungen zu.

Nein, es war Paul, auf den er zulief. Jan und Max gingen einige Schritte beiseite und Paul sah sie panisch an. Er blickte wieder zum alten Mann, der mit ausgestreckten Armen auf ihn zueilte. Paul weinte. Er hatte Angst. Panische Angst! Er hob die Pistole, und visierte Grassmé an und schoss. Einmal, zweimal, dreimal. Der Alte lief weiter auf Paul zu. Paul schoss erneut. Nichts passierte. Vier Schritte weiter und der Unheimliche war bei Paul. Er packte ihn und zog ihn mit sich mit. Er ging wieder zurück zum alten Bauwagen. Diesmal langsamer aber unaufhörlich. Paul schrie zu seinen Freunden. Er rief um Hilfe und in seiner Stimme erkannten die Freunde, dass er Angst um sein Leben hatte. Der Einsiedler zog Paul die Treppe zum Bauwagen rauf und warf ihn in den Wagen. Dann drehte er sich um, steckte seinen Kopf noch einmal daraus und sah die beiden Jungen zitternd in der Hocke. Er schaute sie an und lächelte. Er lächelte und die

Jungen konnten seine gelben und ungepflegten Zähne sehen. Was die Kinder jedoch auch erkannten war, dass das Lächeln vom alten Grassmé von Herzen zu kommen schien. Es war ein liebevolles und sehr freundliches Lächeln. Eines, das gar nicht zu der Szene von eben passte.

Der alte Grassmé zog die Bauwagentür ins Schloss und verschwand. Im Innern des Wagens wurden drei weitere Schüsse abgefeuert. Die beiden Jungen sahen sich an und fingen an zu laufen. Sie liefen wie von Furien gehetzt durch das Moor zurück nach Hause.

Am selben Abend trafen die Polizei, die Feuerwehr und das Technische Hilfswerk an der Stelle im Moor ein. Die beiden Jungen waren auf der Horster Polizeiwache und wurden befragt. Keiner der Beamten glaubte den beiden, die jedoch immer wieder und auch unabhängig voneinander die Geschichte von vorne erzählten, wie sie sich zugetragen hatte.

Im Moor wurde die ganze Nacht nach Paul gesucht. Auch die Wärmebildkamera, die mit einer

Drohne über das Moor gelenkt wurde, fand keine Spuren. Auch gab es keinen Bauwagen im Moor, wie es die beiden Jungen berichtet hatten. Das einzige, was die Polizei fand, war die alte Pistole, die die Kinder beschrieben hatten und man musste nicht erst auf die Auswertung der Forensiker warten, um zu erkennen, dass diese Pistole vor kurzem benutzt worden war ...

Anmerkung

Alle Geschichten sind fiktiv und die Charaktere frei erfunden. Etwaige Ähnlichkeiten mit noch lebenden oder bereits verstorbenen Personen sind rein zufällig und nicht beabsichtigt, bis auf eine Ausnahme. Den in der Geschichte *Der Bauwagen* genannten Einsiedler *Grassmé* gab es tatsächlich. Er lebte über 40 Jahre lang im Horster Moor und wurde von den Nazis zwangssterilisiert.

Das Titelfoto erstellte ich im Herbst 2020 in diesem Moor.

Die Geschichte *Des Menschen bester Freund* schrieb ich bereits vor über 30 Jahren. Ich habe sie etwas umgeschrieben und ihr nun ein Smartphone hinzugefügt. Ferner möchte ich bei dieser Geschichte anmerkten, dass sie - für mich - zusammen mit „Der Unfall“, die grausamste ist. Ich bin selber mit Hunden aufgewachsen und habe aktuell zwei Vierbeiner. Diese Geschichte ist für mich ein gedankliches Spiel mit der vorangestellten Frage, wie weit ein wohlerzogener Hund unter bestimmten

Voraussetzungen gehen würde. Möge eine solche Geschichte auf ewig Geschichte bleiben!

„Der Unfall“ wird sicherlich viele Leserinnen und Leser mehr als nachdenklich stimmen. Die Geschichte ist äußerst brutal und detailliert. Warum schreibe ich eine solche Geschichte? Weil ich selbst Vater bin und meine Söhne demnächst einen Führerschein besitzen werden. Ich habe ihnen diese Geschichte vorgelesen und gesagt, dass ich Angst habe, dass eben dieses meinen Söhnen geschehen könnte. So brutal diese Geschichte auch ist, sie könnte genutzt werden, um ins Gespräch zu kommen. Ins Gespräch mit Fahranfängern, Rasern und Fahrern, die stets das Handy beim Fahren nutzen.

Ich wünsche allen eine sorgen- und unfallfreie Fahrt.

Danksagung

Ich bedanke mich bei Manuela Kiesling für die beherzte und mehr als tatkräftige Unterstützung.

Weiterer Dank gebührt Sonia del Alamo Paredes, Kathrin Haack und Wiebke Till für die fleißigen und gewissenhaften Korrekturen.

Thorsten Pahlke im Sommer 2021